子らの笑顔と

河村澄子遺歌抄

鳥影社

序　『子らの笑顔と』に寄せて

新日本歌人協会全国幹事
憲法９条を守る歌人の会呼びかけ人
奈良達雄

『子らの笑顔と』は、遺歌集ではなく処女歌集として世に出て欲しかった、と思うのは、私ばかりでないと思います。この歌集に序文を書く資格などない私ですが、お引き受けしたのは、著者の晩年に少しばかりご縁があったことと、編集にお骨折りいただいた米長保さん、小林加津美さんのご苦労に応えなければ……との思いからです。

著者の河村さんとお目にかかったのはほんの数回、歌会に同席したのは、わずか一、二度しかありません。河村さんの属する横浜の短歌サークル「うしお短歌会」は、長い間先輩である吉村キクヨさんの指導を受けて来られました。吉村さんが亡くなられてしばらくしてから、河村さんから「うしお」の仲間の作品の添削を依頼され、お引き受けしてから交流が始まったのです。ご縁というのはそのことです。

河村さんは、私の添削にいつも丁寧な感想・意見を寄せてくれました。なにを学んだか、どこが参考になったか、ことこまかく書いて下さるのです。ご自分の作品だけでなく、会員の方の受け止め方全体に目を向けてのことでした。手紙を貰うたび、「うしお」の仲間の生き生きした受け止めの様子を伝えてくれました。それはたいへん勉強になることでした。河村さんの短歌への並々ならぬ熱意、仲間の作品の向上を願う熱い思いが伝わって来るものでした。

幼子と身重の妻と引き揚げし父のサハリン今もまぼろし
父の手紙借金を乞うと知るゆえに伯父に渡して身じろぎできず
働いて学んで笑って友のいた夜間高校生わが青春賦
知る人は夫と姑のみの大都会葉書に埋めた心細さを
保母さんに託せし庭に泣きし子の声が追いくるバイクの背に
白樺の梢に黄葉は揺れやまずベンチに長く母の愚痴聞く
熱高き子に添いやれず出勤す有休六日使い果たして

などの作品を読むと、その生涯は山あり谷ありの苦難の続いたようです。
しかし、それを乗り越えてきたからこそ、強くやさしい、思いやり豊かな人柄を創り上げていったのではないでしょうか。

大根を二十九円で売っているどれほどなのか農家の取り分
職なくて長き月日の若者が見つけしバイトを語りてやまず
父となりし息子の暮らしに目を見張る赤ん坊は親を育てるらしい
パート三つこなして友は午前二時ようやく眠る子らの傍えに
冷蔵庫叩いて泣きしか二歳児の餓死するまでのその七日間
暖をとる炎にかざす男の手妻抱かざる日々ながくして

どの歌も作者の心境があふれていて胸を打たれるものばかりです。
巻末近くにある「子ども食堂」の一連は、新日本歌人協会の「啄木コンクール」で高い評価を得ました。選考に当たった一人として真っ先に推した作品です。アベノミクスなる、格差を広げる経済政策の下、児童・生徒の六分の一が貧困家庭に育ち、食事も満足にとれない中で、心ある人たちによって営まれる「子ども食堂」。河村さんの実践が生き生きと、明るく詠われています。お元気なうちに伝えたかったと残念でなりません。

魔王といえども情けはあるべしこの老女見逃し下され生き足りません
目標は百歳なれば魔王様暴れぬようにお頼み申す

こんな作品もありました。河村さんの生涯は高齢化社会といわれる今日、ほんとうに短か過ぎました。しかし読む人の心を打つ沢山の短歌作品を残して下さいました。

『子らの笑顔と』が多くの人々に読まれることを心から願うものです。

目次

表紙絵・カット　河村澄子

父よ母よ

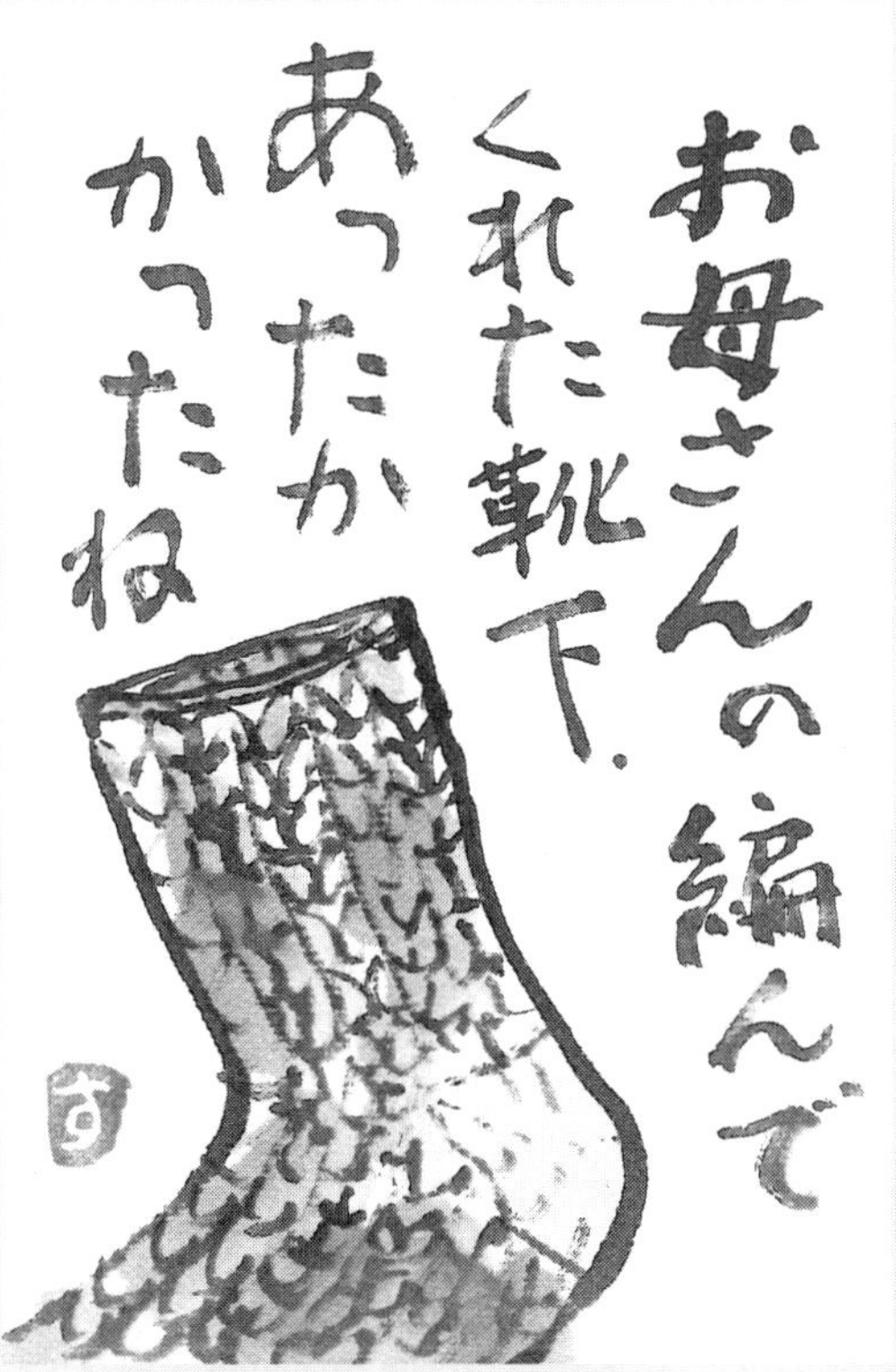

リュック一つに

防空壕にお前を背負い走りしと昨日のごとし母の話は

ストーブを囲む夜ばなし父母の焼夷弾下逃げし遠き恵須取《えすとる》

ひと冬に大豆一俵食べたりとカルタ好き集う戦中のわが家

煎り豆や時には呉汁も作りしかサハリン凍夜新婚の母は

新婚の三日目徴兵されし友ガダルカナルに死せりと父は

ソ連兵を恐れし従姉は坊主刈り襤褸服まとえり娘盛りを

書類不備と何度も拒否されようやくに引揚げ最後の船で帰りき

編み棒をとめて母の語り出す引き揚げ船の臨月の身を

臨月の母の不安のいかほどか船内に産気づくやも知れず

トマト一つ欲しがりて泣く幼われに父は煙草と替えてくれたる

家族四人とリュック一つの引き揚げにて父の守りしは全てこれのみ

幼子と身重の妻と引き揚げし父のサハリン今もまぼろし

まぎれなく父の半生狂わせし戦争なりき兵に非ずも

子ら五人育てし父母の戦後ありリュック一つに引き揚げてより

伯父

入隊の記念写真の帽の伯父まだ知らざりき兵の無残を

女装して下駄擦りへらした盆踊り中支で戦った伯父の青春

幾晩も盆踊りに通った伯父麦刈りに疲れた体をおして

盆踊り果てて伯父は恋仲と野道帰ったか下駄を鳴らして

赤いゴムまり　―帯広に住む

雪きしむ音とは知らずに脅えいし　朝陽当たれる屋根を見上げる

除雪されし道は一夜に閉ざされて吹雪止みたる朝のまばゆさ

電線のヒューヒューなるに怯えつつ伯父宅向かう九歳われは

父の手紙借金乞うと知るゆえに伯父に渡して身じろぎできず

借金をしつつ凌ぎし暮らしにも音を上げざりし若き父母

声あげて豆撒く夕べ福を呼ぶ声とも聞こゆ母の笑いは

うす紅のバラ咲かせいし父の戦後引き揚げ者住宅の小さき庭に

花畑に鼻歌まじりの父なりき「口紅水仙」と教わりし日も

食べるのが精いっぱいだった敗戦後父が買ってくれた赤いゴムまり

頭ほどある毬ついてスカートをふくらませていたおかっぱの私

買って貰って　ただ嬉しかったゴム毬の今なら分かる父の嬉しさも

赤いまり　宝物にして育ちたるわれにほのぼの父の記憶は

まりつきに飽きたわたしが眺めてた柾屋根に降るカラマツの黄葉

就職

地吹雪にテールランプはかき消され任地のバス停に一人降り立つ

赤とんぼ見つつブランコに揺れていた新米教師の私の休日

ピアノ無きわれが教室に稽古せり明日教えんと木枯らしの夜を

コバルトの雪虫無数に飛び交うを息つめて見し任地の庭に

雪原を染める夕陽を眺めつつ明日の授業のことを思えり

背丸め吹雪の道をよろけゆく集団下校の子らを庇いて

校庭にわずかに残る雪に乗り万歳する子の赤き手袋

子も今年入学すると賀状来る頬赤かりし教え子佐枝子

結婚

雪原におちる夕陽を眺めつつ海を隔てて住む人思う

風に鳴る防雪林のカラマツの他に音なし一人の聖夜

テープにて声の便りの届きたる千六百キロへだてし街から

雪しまく津軽海峡越えて着くテープはあなたのクリスマスメッセージ

レッスンに向かう間際に届きたるあなたの手紙ポケットに入れ

街灯に斜めに雪の降る下に読みしよ春に逢わんと言うを

逢う瀬をと言いこし君の文うれし今吹雪野に春待ちわびん

やわらかく我が背に腕置く人の温もり伝う心にまでも

水芭蕉のスケッチ君に送りたる雪解け水に沿いて咲けるを

知る人は夫《つま》と姑《はは》のみの大都会葉書に埋めた心細さを

三度だけのデートに生涯約したが当時吸わない煙草は誤算

ミナト横浜

港町に住みいることをつい忘る家並み混みて海見えざれば

起きいでてシャツ干す時に聞こえくるかすかな汽笛は海の呼び声

職を得て子を育てこし街なれど時に馴染めずミナトヨコハマ

汐見坂ビルの狭間に名を残すかつて小さき漁村横浜

ランナーもときに苦しむ権太坂今日は昼顔かすかに揺るる

夕焼けにシルエットの峰小さくもくきやかなりしここ富士見坂

雨乞いの竜を担ぎし村人の幻は顕つ地蔵坂暗し

不動坂下りて泳ぎし浜消えてコンビナートのタンクは続く

旧道の転馬坂上の庚申塚かすかに読める享保八年

夫のほか知らぬ地に来て十年余笑み交わす人ふえし街角

笑みやれば

身ごもれば踵の低き靴買わん店明るきに夫と入りゆく

戌の日にこだわる我を笑いつつ着帯に夫は手を添えくれし

生まれ出て一時間の子が乳を吸う豆粒ほどの舌の巧みさ

含ませし乳房に吾子の頬まろくカーテン揺すり朝の風吹く

子の頭なでつつ乳を吸わせては夕刊の文字斜めに追いぬ

乳足りて眠れる吾子は口ゆるく開きておりぬ笑み浮かばせて

乳足りし子の片頬を見やりつつ諍いしこと詫びたし夫に

添い寝せば乳足りし子はたわいなくじきに投げ出す小さき大の字

笑みやれば笑みて這い寄る口元に生え初めし歯の一つ輝く

信号を待つ間楽しみし背の子の喃語とわれのあやふや問答

混みあえるバスに喃語のふと聞こえうきうきといる下車するまでを

怠惰なる我を晒して空白のページ続きぬ子の成長記録

つつましき暮らしの中を初節句祝いて母から書留届く

うまき物皆して食めと書留の母の字優し子に読みやりぬ

離れ住む母に節句の礼言えば電話の向こう声つまらせる

目覚めてはおぼつかなげに歩み来て頭ふりふり頬寄せくる子

抱かれて風呂を出てゆく吾子の目が離れまいぞと我に問いかく

あかぎれのしむ夜は母もかく耐えて襁褓を濯ぎ日々を来しかと

子ら在りて

胸元を探ると幼き手を入れぬ吾子の瞳のいたずらっぽく

お休みを雛に言いおき子は眠る戦争の影微塵も来るな

菖蒲湯に混ぜて浮かべし花びらの一つを頬に子は上がり来ぬ

湯上りにまずは積木に手を触れて子は遊び初む丸き尻ふり

背黒き吾子が呆けて眠りいる足裏白く見せしまま

肩上げの加減見んとて浴衣着すはしゃぎて吾子のつかまらぬなり

肩上げを下して浴衣着せやりぬ背にふさふさとうす桃の帯

弟が歩み初めしと告げる子のやや早口に口とがらせて

昼間には打ちて泣かせし弟を唄い寝せやる子に育ちいる

この夏の日差しいくらか和らげん帽子縫いおり二歳の吾子に

花火する小さき指先光りいる去年こわがりて持たざりし子の

心急く登園の道子らすでに手にあふれさす青きどんぐり

あかまんま手折りてやれば背の子はわが耳もとに旗のごと振る

保母さんに託せし庭に泣きし子の声が追いくるバイクの背に

登園を嫌いし吾子が霜柱見つけかけゆく鞄おどらせ

芋煮える匂いに路地の暮れゆけば腹すかしてる子らを思えり

塩のみのむすびを子らに握りやる帰宅してまずわがなす仕事

冷やご飯急ぎ握りて出しやれば子ら争いて手を伸ばしくる

おむすびの一つに子らは和みおり夕餉待つ間をわれのかたえに

張り替える障子に子らがとびついて破りてゆきぬ眼《まなこ》の高さ

帰り来し我にコーヒーすすめつつ夫は子らのいたずら語る

今日もまた遅くなりしと駆け寄りて闇に冷たきバイクに触るる

泥ハネの残る服着て眠る子よ遅く帰りて頬ずりをする

眠りおれば頬ずりされしを子は知らず帰り遅しと我責むる朝

声高にメダカ取る子の背に足に縞つくりつつゆるる木もれ日

働く手子らに誇りし我なるに銀行員の指をまぶしむ

保育料払いしのちは一万に満たざる額よ我が働きは

うしお歌会

三人の子を連れガンダムのぬり絵持ち歌会に行きし幾十の夜

母われの歌会の席の傍らに戦士ガンダム鮮やかにぬる

塗り絵にも飽きたる子らに書きやりし「へのへのもへじ」も遙かになりぬ

粗相もし時に喧嘩もする子らに温かなりしうしお歌会は

歌会果て茶菓子の残りいただきぬお子様連れでようこそなどと

オリオンも友だちだった帰り道三つ星ぼくらと言い合いながら

色褪せしガンダム今も貼られいてタイムカプセル屋根裏部屋は

辛辣な批評に耐えよと引くルージュひそかに変えるワインレッドに

うきうきと歌会に出むく輪を拡げ真摯に生きる友らに会わん

空雲と駅のベンチに遊ぶなり歌会に誘いし友を待ちつつ

歌も散歩も一人暮らしを支えている卒寿の友来て歌会にぎわう

卒寿なる三千代さん笑顔で批評する口調優しく桜の歌を

生きているそれだけでよいと母を詠む施設に十年通える友は

歌一首呪文のように唱えつついつしか心がふっくらしてる

慌ただしき一週間を顧みる歌のかけらを探さんとして

吟味して一首練りたくからっぽの言葉の抽斗いくつも開ける

師と仲間の批判にも耐え練りあげる一首貴し今月もまた

ひたすらに言葉を磨きあいながら常に問われる私の生き方

介護の日々

冬の夜に私を呼んでる姑《はは》の声「濡れた下着がなかなか脱げない」

財布捜す姑にがま口手渡せば「はした金じゃない」ピシャリと言いぬ

子を背負い姑のおむつを替えた日々未来を見通すその目は無くて

この先を思えばいつもから回り暗い天井を見詰つめ続けた

日々増える子のカタコトに励まされ現状は変わると思えたあの日
子が笑い姑が微笑むそんな日はがんじがらめの自分を忘れた
大切な人を産んでくれたんだ姑が大事に思えた瞬間
「わがままを言って悪かった」と静かに言い姑は逝きたり夜明けを待たず

シャボン玉　―臨時教員

通勤の朝を雨嚙み風を嚙み行く時我は仁王の気分

子の机巡りてそっと握手する今日一日の担任となり

一年生に呼ばれて昇りゆくジャングルジム自閉症児あなたの声の優しさ

てっぺんに並んで座るジャングルジム個別支援の学期始めを

そおっとそっとストロー吹いてシャボン玉作って見せる五人の子らに

シャボン玉両手を挙げて追ってゆく六歳の児に不思議はいっぱい

虹色に透くしゃぼん玉追いかけて受け持つ子らの笑顔はじける

ダウン症児S君の追うシャボン玉五月の空を光りて昇る

シャボン玉追って校舎の角まがるU君の笑う声響きくる

笑い声追いかけてゆく校舎裏シャボン玉空を映して揺れる

目の前でシャボン玉割れはしゃぐ子のまた追ってゆく虹色いくつ

ナス・トマト植えて名札をつける間も子らは若葉の風に吹かるる

花の種握らせ播かんとするものの鉢の土出す子は笑みながら

たしなめるわれの口ふさぎ制したり話できぬ子の友を庇いて

鮭の卵見つめいし目のすずしかり我に激しくもの言いし子の

赤ペンを思わずとめて笑いつつ読む小二の子らの手作り絵本

手が痛むほど漢字書く二年生終わりの五分なぞなぞ三つ

日に幾度もオレが好きかと教室に問う小三をぎゅっと抱きしむ

日曜を米代稼ぎに行く父を語る三年生の瞳澄みおり

雨風の強き夕べを一人待つ心細さは言わぬ小三

宿題をして来し今朝の三年生顔の清しさ弾める一日

絵が下手と言われ泣きいる子の肩を抱きてやりぬ廊下の端に

J君の無念さ話せば小さき瞳の幾つも我にうなずき返す

草笛を吹きいる我をとりまきて笛を乞う手の指えくぼ幾つ

つばきの葉からすのえんどう笛にする遠足の子ら頬ふくらませ

座りこみからすのえんどうむく子らのままにならぬを笑って見つむ

つかまりてよろめきつつ乗る一輪車とりまく子らにはやされながら

誘われて子らと駆け出す校庭に声響かせて花いちもんめ

新しき職場になじみ薄くいて大き入り陽を窓より見詰む

悩むだけで学級はよくならぬと本をすすめた若き日のあなた

母遠く

我の手を引きて身重で引揚げし母血栓に倒れて久し

冬芽抱く辛夷のこずえ母遠し靴履くときもふらつくという

飛行機に乗れば一時間余で着ける里に幾年も帰らざりしよ

日溜りにスミレ二株咲きました杖曳く母に太字の便り

子の喧嘩おじぎ草の花空の色母に伝えんさり気なき日々を

老い母に送らんとして梅つける香ほのかな休日の午後

足萎えの母を心にかけながら敬老の日を過ぐ葉書も書かず

どうだんの赤々続く公園に母を思えり輝きてあれ

絵本見る子の肩ごしに柿の実の暖かき色梢に三つ

離れ住む母に見せたきもの二つ子らの笑顔と実りし柿と

五年ぶりのふる里の駅にわれを待つ母は小さく杖つきており

吸のみをすすぐ流しに身を支え蛇口にやっと手を伸ばす母

一度飲めば一生効くと脳卒中の予防薬語る母はま顔に

脳卒中をおそるる母が黄ばみたる切り抜きを出すお守りのように

脳卒中にかからぬ薬の作り方メモして帰れと繰り返す母よ

蕗の葉の汁一さじを頼みとし母の一縷の呆け予防法

沁みゆけよ毛細管のすみずみに蕗汁よ母の信ずるままに

伏して咲く草花杖に起こしては眺めゆくなり時かけて母は

白樺の梢に黄葉は揺れやまずベンチに長く母の愚痴聞く

腰痛む日々も下着を洗いしとう母はぽつりと「嫁には頼めぬ」

「頑固さもほどほどがいい」と母に言い別れ来たるを悔いぬ機窓に

嫁さんの手前母に言いしこと心に重し茶碗洗いつつ

人さまざま

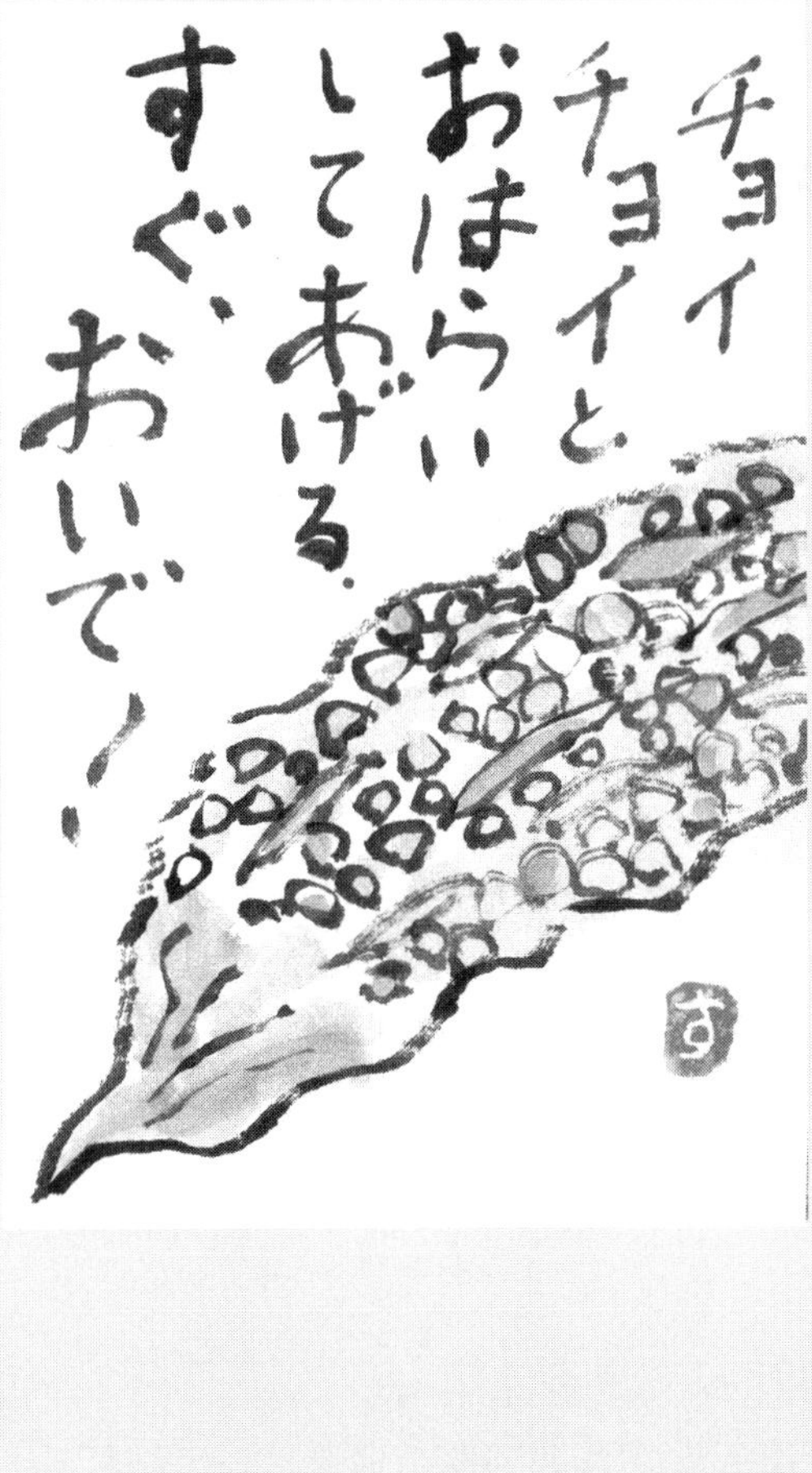
チョイ
チョイと
おはらい
してあげる。
すぐ、おいで!!
す

一年坊主 ― 次男

新しき靴買い来れば「走ろう」と子はジャンプして戸口に立てり

ひろい読みなれど大きな声に読む一年坊主の国語の宿題

ひらがなの線の足らざる文字見せて「ぼく字書けた」と一年坊主は

学校から帰りて一人鍵あける子のため作るアイスクリーム

出勤の間際をおやつ作りおく我より先に帰る子のため

時間割読めず過ごせし一学期それでも嬉々と子は登校す

飯粒のつきし指先に示し子はメンコの勝ち技話して止まず

大の字になりて眠れる子のそばに明日持たせやる袋縫いゆく

明日から観察すると見せに来る子のヒマワリは茎折れており

折れし茎結わえしところ瘤のようにふくれて今朝は小さき蕾

蕾の絵観察日記に書かぬまま遊び過ごしに花は開きぬ

大切に育てし花のひとひらをおじいちゃんにと子は駆け出しぬ

熱帯夜に目覚めて吾子と真似てみる遠く聞こえる牛蛙の声

漢字五つ書いて花丸もらいし日ノート振りふり子は帰り来る

子のノート「天」「虫」「千」が踊りいる升目押しのけ我がもの顔に

さざんかの咲ける窓辺に教科書を読みいる吾子の声幼くて

震度三の地震案じて電話するに「いつもと同じ腹へってるだけサ」

ぶっきらぼうに答えし息子の一言が耳底にあり教具をしまう

サンタなどいないと言いし夕べより子は少年に育ちゆくらし

誕生日を祝いて父に送る絵は団子喰いすぎどなられた僕

紙芝居つくりて父に贈る子よ欲しき玩具のあまた描きて

熱高き子に添いやれず出勤す有休六日使い果たして

吾子の足小股に挟み寝いるまで我が母のこと思い出しおり

北に住む習いの一つ登校の子らの長靴温めし母よ

長靴の温もる匂い火にほてる顔並びおり我の冬歌

父を待つ

父を待つ子らが作りし雪だるまおつかれさまのメモを持ちおり

闇おりて路地来るバイク音聞き分けて父を待つ子ら鍋囲みおり

帰宅せる父にお帰りなさいと言いし子の目は忙しくテレビを追えり

寝つくまで「耳垢とれよ」「背中かけ」と子ら寄りて来る泥染む膝に

真夜中に寝つけずおりぬ灯油かけ子を殺めたる夕刊の記事

ひらめきて落つる点滴頼るのみ夫よ生きませ狭心症こえて

狭心症の夫の薬を確かめて眠るは震災ののちの数日

暮れはやき街かろやかに歩み来ぬ胸にひろがる第九シンフォニー

中学生　―長男

ぎこちなく襟のボタンをはめ終えて鏡をのぞく子は中学生

「もう死ぬ」を口癖として帰り来るバスケット部の新一年生は

大きなるバッグどたりと置きし子は茶碗で水飲むのどを鳴らして

水分の失せし菜水に漬けしごと翌朝シャンと子はいでゆきぬ

弁当を共にする子の増えゆくか新しき名前聞きし夕餉に

柿若葉いつしかふくらみゆく日々を子は中学校に慣れてゆくらし

彼岸花

本のみに知りし花なり寒冷地に育ちし吾の憧れの花

シビトバナと疎めらるるもみずみずと茎は真すぐに水を含めり

通勤の道に見つけし彼岸花小さきカーブはときめき地点

茎すっくりと立つ彼岸花が胸にあり子らに笑顔で一日働く

どしゃぶりの中さしかかる路地の角やや色褪せて彼岸花立てり

アカシア香る

エーデルワイスわが憧れの曲選びオルゴール買う娘《こ》の誕生日

娘に贈るエーデルワイスのオルゴール明るく未来の母となりゆけ

ネジ巻けば小首かしげてチェロを弾く人形に娘はもの言いており

茶をくれてたわいなきこと言いしのち生理学びしとさりげなく子は

アカシアの香れる朝に子は告げし初潮と我を真すぐに見詰め

告げられし初潮の朝に握りやる細きその手の意外に強し

母の亡き子らは誰に告ぐるのか初潮迎えしその驚きを

急ぎ来て急ぎ整えし炊きおこわ　初潮の娘屈託もなし

大人の身になり初めし子をまぶしみて弾む心よ小豆煮はじむ

老いた人

仏壇の妻の写真の髪黒し一人暮らしの長からん老

大晦日の小暗き部屋に妹の送金待ちおり独居老人は

保護費の残小銭となりしを言いし老のちの十日をいかに生くるや

裸灯のともれる小さき台所アルミの小鍋光りて並ぶ

雨しぶく一人の夜は仏壇の妻に何を語りて寝るか

客われの声に立ち来し主なり曲がりし指にのれんを分けて

声かけて立ち来る老に父を見し手をつき体おこすしぐさに

十指みな曲がれる指もて作れるか酒まんじゅうはまろまろとして

職人の誇りをこれに支えしか月餅の表彰状壁に古りたり

風に耐え

子ら置きて出稼ぎならんモンペはく女もまじる建設現場

足場板身幅に満たぬを渡りいる男軽々とビルの五階に

風に耐えボルトを締めいる人の背を「事故起こすな」の垂れ幕が打つ

腕太き男がボルトをしめている狭き足場に身をかがめつつ

風荒きビルの五階の工事場の足場は生命の重みにたわむ

窓越しにふと目が合えば髭面がぱっとほころぶ工事場の人

ボルト締むるその手は稲を作りしか工事場に聞く東北訛り

道路の作業

ロードローラー操作の工夫は揺れながらあごを埋める防寒服に

振動に耐えて握れるハンドルの鈍く光れり傾く冬陽に

湯気の立つアスファルトせわしく広げゆく男の息のライトに浮かぶ

夜を徹しアスファルト圧す男達ラーメンすする凍てつく道に

暖をとる炎にかざす男の手妻抱かざる日々長くして

己が手に洗いしタオルか腰に下げ工夫寡黙に砂利広げゆく

道路補修終えなば故郷に帰るらんアスファルト圧す男か黙に

夕陽背に下水工事場引き揚げる男ら泥靴重たくひきて

若者の細き肩打つ三月の雨は冷たいガス工事場に

声高にもの言い合いて男らはガス工事するどしゃ降りの中を

地上より指示する声はどしゃ降りに消されて夜更けの工事は続く

作業灯を頼りに働く男らの影は巨人の行き交うごとし

閉　店

買い物に来たおかみさんの目が潤む今月店を閉めると聞いて
乾物屋二十六年やってきた主がぽつりと店をたたむよ
几帳面な閉店挨拶貼られおり秋日にあわあわ色あせながら
背負われて育った息子も配達に家族みんなで働いた店

スーパーが建って三年もちこたえた笑顔の店主の苦悩を思う

友人・知人たち

電灯に鍋の二つが光りいて清しく住みぬ石井辰蔵老は

明日招くうつ病む友を思いつつ金柑甘くゆっくりと煮る

難病の夫看る友にひとときの安らぎのあれエプロン贈る

雨の日も足曳き歩くあなたへと歌友と決める合羽贈るを

歌会にて来月もまたと手を挙げた二日後の訃報に震えるばかり

萎えし足のリハビリ続けた四年間何を思いて歩いていたか

百メートルを三十分で歩けたとリハビリの効果を喜んでいたのに

視力弱き財前さんが顔寄せて浴衣の反物裁ちてくれたり

汗っかきの彼女がタオルを使いつつしるしつけせる紺の浴衣地

ぎこちなく針運ぶ我を見守りつあい間に短歌の話などせり

久美子さんの出版記念会になごみおり摘みしほとけのざ卓に添えられ

藪椿の小枝数本届けたり友の窓辺にほころびおらん

友二人百一歳を見とりおり夢にはあらずわが百歳も

挿し木せしバラ苗友に届けたり深紅の小さき蕾つけるを

花の苗譲り譲られ増えてゆく花壇の色も笑顔の友も

溢れるほどジャーマンアイリス抱えきて髭の棟梁「今度根っこやるよ」

子ら寸描

幼子をなじりて鋭き母の声抱きやれよ子は誤ち多きを

子を起こす声優しくて立ち止まるさざんかの角曲がらんとして

繰り返しリコーダー聞こゆ路地の奥障子のおかっぱ二拍子に揺れ

桜散る夕べ明るき公園に鉄棒の子ら髪光らせて

どんな子が跳んでいたろうケンケンパ大小の円曲がりて続く

夕日受け縄跳びする子ら一・二・三はずみし声の路地に響きて

えんどうの花咲く朝駆けてゆくランドセルの音風に軽やか

プールから戻りゆく子らの赤黒き背を押すごとく蝉しぐれ降る

登校の子らがくるくる回す傘アンパンマンが笑っているよ

我が身に近く

炊き出しの湯気たつ派遣テント村正月過ぎはたちまち畳まる

地下道に眠る女か倍ほどに腫れし手の傷むきだしのまま

五日間雨は続きぬホームレス多摩川べりにいかに凌ぐや

二千円ですませようと思ったのに　老夫婦つぶやくスーパーのレジ

六〇万を払えず人を殺めたる青年を生む金あまり日本

子も嫁も来ざるはわれの業なるかと卒寿の媼またもつぶやく

肉親を探す残留孤児の記事　身につまされる同い齢われ

引揚げの船にトマトを欲しがりし我は思えり残留孤児を

慰安婦

生理日は塩水呑みて兵により蝕まれたる慰安婦の身よ

慰安婦を共同便所とさげすみつ戦意昂揚と使いこし国

慰安婦は無縁に過ぎしと神谷氏は天皇の兵の日きっぱり語る

水兵の墓

馬門山の水兵の墓に桜散る十七歳の文字をかすめて

かたむける水兵の墓にありありと平民・士族の文字は残れる

くっきりと士族平民と刻む墓桜はなびらひとしく舞えり

兵四尺士官八尺四方なる墓の広さも決めし鎮守府

イラン人の母

子ら三人プールに遊ばせベンチにて内職をするイラン人の母

手ぎわよくラジオペンチを使いては膝のあいだに部品組む人

エプロンのくぼみに山と組まれゆく部品の工賃いかほどなのか

片言にボールペンと教えくれし部品の袋さし示しつつ

休憩を告ぐる日本語わからぬらしプールの中に少年は笑む

母国語の母を呼ぶ声生き生きと水しぶきあぐ肌黒き子ら

子の声にエプロン払い立ちし母ふくよかな腰少し揺らして

ボールペンの部品組む手も染められて異国の母は夕焼けの色

車椅子

通勤の道に出会える車椅子乗るも押せるもいつも笑みいる

車椅子の身になり幾年経し人か面おだやかな暮らしをしのぶ

あごと肩に傘をはさみて車椅子押しゆく人の黄のイヤリング

車椅子押しているのは嫁なるや乗せし婦人に語りかけつつ

車椅子の婦人は杖をかかえおり試歩路に香れくちなしの花

車椅子に今朝も行きあう梅雨の路地会釈をかわす信号待つ間を

空中ブランコ

高らかにドラムは打たれ八方からライトは光る丸き舞台に

ビロードの深紅の幕の上がりたる空中ブランコの名手は四人

にこやかに挨拶しつつさりげなく男うしろ手に命綱確かむ

鋭き声を合図にひらりと身を反らす青年ブランコの一部となりて

ブランコを蹴りて空切る青年をはっしと受ける両のてのひら

　あれやこれ

色褪せし綿入れにつつまれて魚売るおっかあの太き腰なり

子を抱きゴム長のまま帰りゆく魚屋の女あるじの日暮れ

焦げた鍋の磨き方など言い合いて女五人の駅前句会

鋲打ちて穴をふさぎし鍋使う婆の台所　昭和は生きる

採れたてのあわびステーキに笑む画面尻目に朝粥ゆっくり啜る

エビ料理に笑むリポーター輸出国タイの海洋汚染に触れず

輸出国の民の貧しさ隠されてグルメ日本をあおる画面は

ワイドショーの画像どの窓からも見ゆ意味無き笑いの寒々として

石工の老は病むらし石材所のダルマストーブ傾きてあり

仕事なき若者はどう読みたるか『独身王子、婚活急げ』を

ライト消し轟音闇に響かせて何に怒るかバイクの少年

家族あれこれ

義兄の死　―一九九一年

赴任先のバスルームにて倒れしと兄の危篤を告げくる電話

応急処置なせしも意識なき父と甥の電話の口調乱れる

意識なき兄を看とりて帰る野に呆けしすすき揺れやまぬなり

単身赴任慰め描きし山の絵に加えたきは何未完のままに

憧れて兄が描きし稜線かくっきりとしてついに登らず

商社マンの兄を支えしひとつなる手ずれせし辞書祭壇に置かる

企業は過労死を予測しおりブザーつき浴室に兄は倒れたり

企業戦士とたたうる弔辞なお続く何を聞きいん遺影の兄は

父の入院

肺気腫の父再びの入院を告げてふるさとの電話みじかし

こまごまと父の容態知らせくる歳時記読めると一行添えて

オリオンの凍てつく夜を病室に父眠れるや細き息して

病む父の方へ飛びゆく飛行機に乗せてやりたし熱きシチューを

肺を病む父を見舞えば母もまたひざを痛めて杖曳きており

蒸しタオルに父のとがりし脛を拭く引き揚げの時背負いくれしを

病室に父の足とり切りてやる肉厚き爪の意外に脆き

歳時記を読みやれば目を細め聞く　時に呆ける父には見えず

句会には行かれぬ体と諦める父に投句を勧めておりぬ

鼻孔より酸素の管をさす日々に句作りさえも今は億劫らしき

病室のベッドに父と飽かず見る夕焼け淡くうつろいゆくを

このいのちを幾たび父を見舞えるや津軽海峡へだてて住みおり

ガラス戸

熱に臥す我に薬を買いて来し夫《つま》の片頬光る雨つぶ

読み飽きてシャンソン低く流しおく夜更けて夫の靴音聞こゆ

メイストーム家を揺るがす昼下がり粥を炊くなり熱高き夫に

熱に臥す夫に生姜湯運びゆきすすれる時にはにかむに会う

遅くなる詫びの電話に和みつつあじさい満たす夫帰る間を

われの肩チョンとつついて夫がゆく子らの出かけし休日の午後

かぼちゃ煮る湯気にくもれるガラス戸の向こうに子らのはしゃぎいる声

カンボジアの飢えを語れば残しいし菜黙々とはみ居り吾子は

歌会に行っておいでと子どもらの作りしカレー意外に旨し

二時まではやるよと言いし受験の子英単語三行書きて眠れる

大学の不合格通知受けし夜に子の吹くハーモニカ「翼をください」

なぐさめる術なく菜を刻みいる息子のしぐささりげなけれど

教室にパフォーマンスする息子らし身ぶりに示すすりぬけの術

末の子の柔道着干す中学に入りて胸板の厚くなりたる

子を負いて姑の襁褓を替えた日にほとばしらせし夜濯ぎの水

おむつ干す必死さにあらずシャツを干すまたたき止まぬ青きオリオン

虫の音の五種類までを聴き分けて心遊ばせシャツを干しゆく

ぜいたくは今夜のわたしすずやかに鳴く虫の音を一人占めして

しまい湯に長く音なくつかりおり生きているかと夫の顔出す

弟の離婚話に疲れたり闇を見すえる寝台車の窓

一人居の弟のふと気にかかるモクレン音なく散りゆく夕べ

春の花

クロッカスの針ほどの芽にみなぎりて土おしあげる力や立春

立春の朝わずかに芽ぶきたるクロッカス囲う割箸立てて

春の使者黄のクロッカス地に低くいまだ冷たき風を受けおり

日溜りを欲しいままなりクロッカス花びら時に金色に透く

庭先の黄の一群はクロッカスかすかに揺れ合う様をたのしむ

失職の日も地に低くクロッカス光あつめて黄に咲き継ぎぬ

日の暮は翼をたたむ鳥に似て花びらすぼめクロッカス眠る

明日開く力たくわえ眠れるや蕾ふくよかに並ぶクロッカス

夕暮れのニコライ堂の花吹雪ともに見しより二十年を経つ

つれだちてヤブデマリの花に会いに来ぬ今年の結婚記念日もまた

二十年ごつごつ暮らして空気にはなれぬ二人の草むしりおり

子を育て花を育てて暮らしきぬ育ちきれない己さらして

菜の花の道

新しき靴紐丹念に結びいる今日から高校生となりし娘《こ》は

菜の花に娘の頬の明るんでカメラにポーズす入学式場

ハミングして入学式より戻り来る髪しなやかに揺るる娘と

洗面台夫《つま》と取り合いお下げ結う娘なかなかまとまらぬらし

三つ編みを何度もといて結い直す娘《こ》をからかいて夫《つま》は髭そる

お下げ髪ゆらしてペダル踏みて行く通学の娘《こ》に菜の花光る

この夏は越される背丈と思いつつ娘と並ぶ菜の花の道

鯉のぼり

甘ったれるな思いきり五月の風入れて登校しぶる子を揺り起こす

学校がつまらないと目を伏せて未来描けぬ子と向き合いぬ

学校へ行かず公園のこいのぼり見て過ごしたと子の声細し

わずかなる風にも自在に泳ぐ鯉子は学校になじめぬらしき

鯉のぼりいかに思いて眺めしか子が座りしとうベンチに寄りぬ

風はらみ泳ぐ真鯉や迷いつつ菜を刻みおり息子信じて

持たせやる弁当どこで食べるやら学校へ行く背ポンと叩きやる

子育ての甘さつかれているごとししぶしぶ登校する子の背に

末の子に学校に遅れるなと言い残しバイク走らせパートに出向く

モーニングコール

朝五時に電話来るけど取らないで僕にだからと照れくさそうに
お母さんあした海へ行ってくるお金ちょうだいと頭ごしに子は
髪の長いあの娘からのモーニングコール金を出すだけの私の役目
たった一度の電話のベルにとび起きて子は海へ行く口笛ふいて

いつもならゆり起こしても眠ってるちょっと髭面になりはじめた子

台風の余波さえ気にもかけないで息子は急ぐ湘南の海

土用波に歓声あげて泳ぐ子か受験のこともとうに忘れて

バスケット部の仲間とはしゃぐ砂浜に受験の重み解き放て子よ

ジャンボコロッケ

食材費の予算残れば小遣いに子は生き生きと献立を練る

献立は秘密と言いて立つキッチン息子はＣＤに身を揺らせつつ

大きな手でぎこちなくコロッケ揚げくれる自転車の前に乗せていた子が

持ち帰りの仕事に追われる我のそばに子の作りゆくジャンボコロッケ

二時間をかけしコロッケに添えられた粗い千切りキャベツの甘さ

高二の子の二時間かけしコロッケを頬ばり再び赤ペン握る

学期末の十日を夕飯作りたる子にも救われ仕事納めす

会議より戻れば湯豆腐ふつふつと煮えて娘の鼻歌まじり

父の死　―一九九九年

父急変今夜が峠と電話来る飛行機最終便発ちたるのちに

遠く住むわれと妹を待ちかねし一夜か父は酸素マスクに

入れ歯無くすぼむ口元せわしげに浅く息する肺気腫の父

引き揚げて一家七人を支えたる骨太の父の病み細りおり

目をあけず小刻みに震える父なりしただ握るのみその温む手を

かつて子ら五人の散髪なせし手の今は小さく吾にゆだねる

子らのこと庭の侘助の高さなど語れば父のかすか頷く

言葉にはならねど父の返事かとそげたる頬の涙ふきやる

うんうんと頷き父の手を握る伯父の両手の節たかかりし

百までも生きて俳句を作ってよ叔母の言葉の父に届けよ

ミレニアム

父の喪に服す正月水仙のほつほつほころぶ庭暮れんとす

足出して昼寝の夫に長病みの父のか細き脛は顕ちくる

イヤリング揺らせ階段昇りゆく仕事帰りの夫待つホーム

キッチンのタワシ一つを替えしのみ世はミレニアムに沸き立つときも

毎日を懇ろに生きて繋ぎゆく生命と思う寿司飯あおぐ

つと立ちて寿司めしあおぎくるる子の黙したるまま受験間近し

予備校もそこそこ行った息子の夏受験の不安隠す饒舌

夕飯は食べられないという息子もう後がない明日の受験日
　　母さんごめんね

足弱き母に代わりて整理する箪笥物置猛暑のふる里

母の部屋　片付け出会うわが手紙　子らと相撲をとったことなど

母宛のわが手紙あり百余通結婚三十年のタイムカプセル

取っておくと言いつつ隠れてゴミに出す母の想いのこもる古着を

群れて咲く花韮揺れおりひとときを上の空で聞く母の話を

切り漬けも沢庵漬けも終えたりと母の手紙の生き生きとして

塩加減息子に任せず母の漬けし沢庵おおかた近所に配る

民謡を仲間と歌う楽しさをこまごま綴り母の文くる

夫の亡き寂しさひととき忘れさす妙薬だったか母の民謡

繰り返し歌詞の良さを話してた母の好きだった「千島女工の唄」

歌詞の良さ伝えられしも生返事　母さんごめんね今なら聞ける

虫の音に母の孤独はいかばかり明日コスモスの絵手紙書かん

宅急便の紐を切る間のもどかしく期待して開く母の手紙を

母からの愛は山盛り腹いっぱい食べよと届く馬鈴薯一箱

芋代も送料も厭わず送りくれる年金暮らしの母の定期便

馬鈴薯の箱の隙間に詰められし泥つく地方紙時かけて読む

子ら五人育て戦後をつつましく生きし一人の母を愛しむ

探鳥

探鳥の楽しみ分かつ人といて双眼鏡の行きつ戻りつ

早春の堤にコサギを君と見ん熱き紅茶を啜りて待ちぬ

紅茶分け待てばふうわりコサギ来る光は踊る早春の堰

小鷺五羽レンズに飛翔す一瞬を息つめて追う鶴見川河畔

白鳥の飛来地目ざす遠い旅電車待つ間は初恋モード

我孫子なり一時間を来て白鳥の飛来地探す立て札頼りに

二万キロ飛び来し白鳥の間近なり秘めし強さに憧れやまず

コウコウと白鳥は鳴き睦みあう風に真向かい進みゆくとき

パンくずに群がり来たる白鳥の重なり奪うさまの鋭し

白鳥の餌付け四十年武骨なる手よりいただく柚子湯は熱し

白鳥のくぐもる声は睦言か苅田吹く風のつと止みし時

白鳥は確かにわたしに囁いた風に乗りくる甘やかな声

風の道見つけたるらし白鳥ら高く飛翔す孤を描きつつ

白鳥を飛ばせて雲を走らせる風よ高らかに一月の詩

旅の折々

最寄り駅の三つ手前に降りたちて遅き昼食とれば旅人

五色沼のワタスゲ白く揺れていし汗して登る道の傍ら

桐の花幾年ぶりか新緑をかけぬけて行く甲府への旅

万緑に桐の紫一樹おき車窓たちまち美術館となる

海と君待つ華やぎに乗り込みぬ土曜の午後の踊り子号に

穴あきの靴履き毬つきせしことも語り揺らるる秩父鉄道

餓死させし子への供養か嘆き伏す羅漢の背に銀杏散りつむ　（川越喜多院）

昂ぶりはすみれ見つけしのみならず里山を行くザック揺らせて

下山せし日向山仰ぐ点在の桜はお伽噺のさし絵

八方池

二十年ぶりの登山靴軽し八方尾根ケルンのそばに紐締めなおす

八方池めざしケルンをいくつ過ぐマツムシソウに小踊りしつつ

癒えし膝少し危ぶみガレ場ゆくカールから吹き上ぐ風は恋人

ロープウエイ乗らずに滑る斜面行く汗忘れさすクルマユリ一本

登山などかなわぬものと思いしに膝癒えて立つ八方の雪渓

一瞬の霧の晴れ間の稜線に来年登ると決めし唐松岳

息子の結婚　―長男　二〇〇三年

クワガタを入れし彼の日の夏帽子紛れて久し子は婚約す

炎天を新居探しに出てゆきぬキャップ目深に被る息子は

保育士の彼女の職場に近いことトップにあげる新居の条件

探し当てし息子の新居赤い屋根かぐや姫の住まいそうな竹藪のそば

路地幾つ抜けて萩咲くアパートは息子の住まい小窓のカーテン

骨太に養護学校の子が書きし表札息子の新居を飾る

花　市

背をしゃんと伸ばす売り手の爺や着る粋な法被のショッキングピンク

零れ紅の名に惹かれ買うさくら草か細き苗の風にそよぐを

軽々と植木鉢運びくる地下足袋のすりきれもよし花市の爺

愛し子を手放すように鉢渡す皺深き人の瞳が温かい

さくら草渡してくれる指太く父に似しよと思う花市

民謡にあいの手入れる父の声テープに聞きし三回忌の夜

背丸め父の声テープに繰り返し母は聞きおり虫すだく夜を

つつましく三十年過ぎぬバス停に傘持ち夫を待ちし日のあり

帽子

草むしる家庭菜園の朝々に麦わら帽子のいつか飴色

胸熱く一途に編みし遠い記憶賀状に幼き恋を思えり

不格好なスキー帽編み手渡した恥ずかしさ今もありありと胸に

子が飽かず砂のプリンを入れおりし魚模様の手作り帽子

しみ目立つ帽子濃紺に染め上げて被りてゆこう明日の映画に

白髪を包むベレー帽を編まんとしウキウキ選ぶモヘア―薄桃

浴衣

朝顔の浴衣は衿なしワンピース変身させてミシンと遊ぶ

妹に乳含ませいし母の浴衣白地に臙脂の渦巻き模様

やや呆けし友の手元のたがわざり袖の丸みの糸引き絞る

不揃いの針目ながらも縫いあげし藍染浴衣で鏡にポーズ

ひとたびも袖を通さずに母老いぬ似合いの帯添え送りし浴衣

腰曲がり着られぬ母に譲り受くかつてわが縫いし藍染浴衣

赤い風船

保護という名の

嘔吐する子を抱き母はおろおろと医療証もらう列にならびぬ

医療証手許に置いて眠りたい喘息爺の願い拒否さる

医療証頭を下げて取りにゆく厭さに売薬ですますという人

車借り娘見舞うも咎めらる規制ばかりの生活保護は

保護の名に値するのかわずかなる貯えさえも許さぬ制度

現行の制度でよしと厚生省生活保護者の暮らし知らない

学資保険満期になれば保護費より引かれて進学断念する子

私学助成増やせと迫る知事交渉授業料払えぬ子らを語りて

惣菜屋に

朝五時の出社十一年続けしと事もなげに言う背曲がる婦人は

五指うすく火ぶくれ腕に火傷あり目玉焼き五千ひたすら焼きて

肉片に粉をはたいて七時間コンベアーの前汗は噴きあぐ

朝からの叱声に身を固くして流しつづけるトンカツ四千

出勤の朝ていねいにルージュ引き息吹きかける萎えし心に

息つめてトゲある職場に入りてゆく社訓は掲ぐ誠実・協調

働きやすい職場はきっとできるはず同僚の叱言胸をえぐるも

しょげている我のエプロンの紐を引きパート仲間が励ましくれる

ハンバーグの成型作業は一人にて心で歌うロシア民謡

八百円の時給に一日を働いて夜気せまる街の灯に救われる

客室係

籠につもる花びら瞬時に吹雪かせて初出勤のバイクを駆りぬ

百部屋の掃除七人で分担す誰もみな髪を汗に濡らして

熱湯に十余のバスを洗い終え汗にはりつく前髪はらう

三十度の部屋も涼しや熱湯に浴槽洗い息つく時は

バスルーム拭き上げなおも目をこらす一すじの髪落ちてはいぬか

客からの「きれいな部屋をありがとう」汗ふき眺めメッセージカード

ゴミ箱に残る一本の缶ビールビジネスマンの憂さ晴れたろうか

商用に疲れた人も休むのかシーツきっちりとベッドを作る

三分にてベッドメーキングする早技は六十五歳の小柄な女性

痛む腰庇いて脛でベッド押す術も覚えてシーツ張りゆく

ほこり吸いベッド整えゆく時に塵肺患者の苦しみ思う

冷房は客用なれば使えずにベッドメーキングする今日も真夏日

大らかに笑い合いつつ客室に弁当開く車座となりて

百室のゴミ箱漂白し荒れた指に菜花を茹でて充ちてくるもの

壁面を拭くとき便座にかがみこむまるで赤子を庇うかの様に

三時まで十四室を整える昼食時間はたったの十分

昼休みわずか十分をロッカーにもたれて読みし『一握の砂』

バス洗いトイレを磨く客室係り慣れて如月の空見るしばし

十階に上がれど日射さぬ部屋もあるビルの間のビジネスホテル

室当たり十五分での清掃を強いられ三割の仲間がやめる

シュプレヒコール

女性保護廃止反対のビラを受くメーデーの朝パートに出できて

昨年は隊列にありしメーデーを思いつつホテルのトイレを磨く

切れぎれのシュプレヒコールに耳すますホテルのベッド組みゆく時に

基地いらぬ思い託して見上げおりメーデーに放つ風船あまた

デモの列肩車されし子の風船赤きもビルを曲がりてゆけり

平和への種まく一人に育てよとメーデーのデモの幼を見つむ

デモ遠く見送りメーデー歌口ずさむホテルの部屋に掃除機かけつ

ベイエリア

キャベツ苗一坪ほどに植えらるる海抱く里の線路の脇に

都市農業継がん青年「畑人」Tシャツつけて茄子をもぎおり

喝采を受けしピエロの服ぬぎて宣伝パンフ青年は売る

縄跳びの失敗芸だと笑わせて大道芸人の口上またも

松明の炎を呑みし青年に悲鳴は消えて投げ銭続く

声たてて両手さしあげ追う幼へリコプターをつかまえんとす

倒木を燃やして暖とる境内に夫と見せ合う末吉もよし

杉木立の参道下る甘酒に心ほぐれて腕をくみつつ

連れだちて街ゆくことの少なくて夫のポケットに指重ねいる

横浜のベイエリアなるカップルに交じりて還暦過ぎし我等も

どきどきしてベンチに並びそっと見る夫の横顔少し老いたか

夕暮れのベイエリヤカップルの一組となりてやや面映ゆし

うす紅に変る夕空夫と見つ育て来しもの子のみにあらず

われもまた子に鍛えられし一人にてミナトヨコハマに仲間と生きる

戦火やまず

村長だったあなたの父を殺めんとポト派の埋めし地雷爆発

九歳のあなたの足をとばしたのは庭先に爆ぜた一発の地雷

逃げのびた夫案じつつ八人の子らに粥炊くあなたのお母さん

今は他の女と暮らす夫を言うラニー―の母の暮らし重たく

残りたる片足抱き聴く葉ずれ高床式の家に少女は

少女のふっくらとした片足により添うて硬き松葉杖あり

両下肢のない若者が担われゆく地雷無数に埋まる道を

父母のぎゃく殺されしも見つめたるルワンダの子らの澄みし瞳は

子どもらを抱きやる沢山の手が欲しい読みいるのみのルワンダの記事

轟音のとどろく床下に身を寄せて戦車におびゆチェチェンの親子

凍て空の戦闘機追う目の尖りいるチェチェンの子らに留守長き父

国連軍のゴミに群がり残飯に命をつなぐハイチの人ら

素足にてゴミの袋にかけあがり食べ物さがす大人も子どもも

奪い合い手にした肉は腐りいて夕飯は水ハイチの家族

「デモクラシーは分け合うことさただうまくいかないだけ」裸の少年

食べるにも事欠く日々の十一歳白い歯見せて「希望捨てない」

飽食の側に身をおき難民の飢餓を向こうに見ているわれか

ツユクサの露置きしまま挿す卓に朝刊瓦礫のコソボの写真

爆撃す病院・列車・大使館　ＮＡＴＯ軍ときに誤爆など言いて

空爆の停止の夜をコンサート　ドラムはコソボの人を歌わす

戦火やみトランペットは高鳴れる瓦礫のコソボにひとときの笑み

歌聞きし心に知恵を寄せ合うか復興遠き瓦礫のコソボ

悉く廃墟となりしビル陰にコンサートに無縁なぼろまとう群れ

ガラス割れ机足りない教室に三部授業受くコソボの子らは

空爆は止みても消えぬ憎しみに略奪放火コソボに続く

幾十年かかるコソボの復興かヒロシマの街の緑重ねる

アフガンの飢えたる子らを思いおり教室に給食の介助なしつつ

鯉幟はためく彼方イラクあり戦に少年は四肢をもがれて

選挙あれこれ

湯気あがる筍の煮物届けられ選挙事務所の朝は沸き立つ

改憲に与す勢力圧勝を危惧し丹念に記事を読みつぐ

夜勤にて弁当作る青年の一万円を出す選挙カンパと

青年の時給八百円と聞けばなおカンパは温し選挙終盤

勝たねばと思いつつ梅雨の晴れ間にてあじさいの路地に訪ねる一票

二本杖つき投票所へ向かう人「平和憲法　守りたいです」

投票は一六年ぶり清しく言う車椅子使う難病の人

参院選の与党大敗告ぐる朝種ずっしりとひまわり高し

自分では食べることもない大鯛を当選祝いにくれし魚屋

傍聴は青年県議の初質問　子の晴れ姿見る心地して

四季のうた

スイトピーの小さき花束レジに出しフンパツ・奮発と呟いている

スイトピーわずか三本挿したるにかくも華やぐ冬の出窓は

明るさの少しほしくて植えたりし黄水仙咲く鉢にあふれて

「かがり火」というシクラメンの鉢を掲げハミングしつつ夕焼けの路地

日溜りに冬の苺は地を這いて葉陰に白き花をふるわす

ふっくらと土ぬくもればラディッシュの種をまきゆく小さき日溜り

ビル風に辛夷の若木揺れやまず小さき花はちぎれんばかり

馴染み客に請われ八百屋を再開と店主笑むなり小春吉日

クサボケに混じる一輪のタンポポを見つけし日より春は始まる

桜草・菜の花・スミレの小さき苗植えてワクワク春描きゆく

自転車の籠にうとうと眠る子と菜の花のせて男ゆくなり

休日の朝のウォーキングの歩を止める日だまりに笑うつくしの坊や

窓下にパンジー咲かす老夫婦ま白き布巾今朝も干されて

一握りの蓬を摘みぬ丘に来て恋の古歌など思い出しつつ

タンポポの綿毛光りて飛ぶ原を時に腕など組みて歩めり

わが髪も光りているか夕映えにプラタナスの葉光る道行く

枯れかけし桃移植して三年目蕾ついたと夫の声する

エレガンスの言葉に惹かれ花柄のエプロンを買う五月の町に

勤めより帰る心の解かれゆくブラウスの袖ふくらます風

さ緑のブラウスを着て颯爽とわたしは五月の風になりゆく

今朝一つポストにこぼれし梅の実のうす黄の産毛に陽はあふれつつ

華やぎの欲しくて一日バラ買いぬ買いて放てぬ想いと知りぬ

友のくれし苗を日毎に眺めきて今朝一輪のアガパンサス開く

こぼれ種の芙蓉はじめて開きたりうす桃色の今日の幸せ

ツユクサを四・五本摘みて同僚の卓にも挿しし露置きしまま

ねじ花の唇弁白く連なりてささやくごとしシャツ干す庭に

転職を思いあぐねてねじ花の細き花穂をつくづくと見る

ねじ花のかすかな揺れに和みいて聞きたしあなたの熱き歌論を

ねこじゃらし小瓶に差せばキッチンの出窓に揺れて今日がはじまる

水色の朝顔無数に咲きあふれ空と話してる藤棚の上

十月にトマトの黄花咲く庭へ肥料撒いてみるまた成るかもと

銀の弧を一瞬引きて〝おにやんま〟消えたるのちのただ青き空

母との散歩

退院の母の小さくなりし背ますます屈め甘酒啜る

ひとくちの数の子添える夕食に正月みたいと母はよろこぶ

薬箱押して本など引き寄せる母の杖先マジックハンド

シルバーカー押して公園にゆく日課福寿草咲いたと母の花談義

福寿草も蠟梅も咲いた母の笑む歳時記のような朝の散歩は

翡翠色の直線となるカワセミの飛翔見しのち母にやさしく

シルバーカー押す母の愚痴聞きながら木立涼しき遊歩道ゆく

春咲きの球根カタログに和みおり母の介護の続く秋の夜

三十キロの米を運びし母なりし今は難儀す立つことすらも

歩行器を支えに歩む母なりき障害ある身の二十年を過ぐ

パン屋まで一人で行きたいと母の言うリハビリ欠かさじ大寒の今朝も

家の前二十メートルを五往復母の歩行器夕陽を返す

「空を見て」と言えば素直に背を伸ばす母の散歩は下向くばかり

四阿へ続く坂道歩行器は触れつつゆきぬ椿の花に

汗かきて母がようよう辿りつきし鼻欠け地蔵は今笑みている

機窓より見えくる緑小麦色パッチワークか十勝平野は

車椅子のわが母抱き涙ぐむ友ありて五年ぶりのふる里

手を合わす母は長く動かざり父の墓前に聞く蟬時雨

ポピー園

秘めごとをささやくように　うす紅のポピーは揺れる久里浜の丘
朱鷺色のポピーしなやかに揺れる時かすかに風の子守歌聞く
咲き初めし黄の初々しさ木道にすれちがう娘ら花の香りす
まっ白なポピーそよげば幾千の蝶のもつれて舞いたつごとし

一群の緋色に憑かれ立ちつくす胸にふつふつ晶子のコクリコ

初孫・咲音《さきね》の五年

白木槿咲きし朝に生まれし孫けいれん発作と聞き震えとまらず

初孫の乳の香残し帰りゆく茶碗を洗う胸あたたかし

寒椿咲きし朝は離乳食うどん啜りぬ脳障害の孫に

夏椿の色したうどん一センチ口とがらせて啜る初孫

千の蓮池をうずめて開き初む孫の手術の明日に決まりぬ

バースデイは入院中なり孫一歳手術に託す生きる希望を

孫娘あやせば弱くほほえみて頭部二十センチのメス跡白し

噴水にむかう幼の足太し二歳の孫の立てる日はいつ

片麻痺の孫のリハビリすすめよとお手玉縫えり七夕の夜

足麻痺になるやも知れぬ孫のいていいよ車椅子が助けてくれる

車椅子使い初めたる孫なりし飾りのひよこと共に揺らるる

歩まんと大き声出す孫娘公園の手すりしっかり握る

片麻痺の孫の四歳歩めねど手を引きやりぬようやく一歩

歩き初めて三月の孫のぐらり揺れまた踏みこらえふと笑うなり

補装具にて歩き初めたる孫娘歌いながら行く萩のトンネル

桃色の補装靴履きし孫四歳イーチッ・ニイと来るわれをめがけて

補装靴履きたる孫のケンケンパやや傾きつつ笑顔ではねる

入院

明日柚子湯たてよと娘にメモを書きゆず二つ置く入院前夜

未整理の抽斗などが気になりて寝つけずにいる手術前夜を

点滴を下げ病廊を行く爺に肩で息する父を思えり

十日余の入院なれど日脚伸ぶふっくら水仙の蕾三つ四つ

水仙の蕾にいのちを確かめる術後十日の庭の日溜り

十ほどの黄のクロッカスかがやきぬ何と清しき退院の身は

生かされて再び筆を持ちし日を青首大根ふとぶとと描く

ひるがえりまた空を切る初つばめさあて私も上昇思考

家族さまざま

四百円の一輪挿しを買いおしみプチ家出終わる春の夕暮れ

歳時記を胸にいつしか眠りたりパートを終えきし午後のソファーに

たっぷりの柚子茶すすりて葉書かく今朝は大寒夫起きぬ間を

板麩入れ結びみつばの香る椀夫は第二の職場を得たり

萩焼きのぐい呑みを添え夫を待つ定年過ぎてなおはたらくを

夜をこめて働かんとする息子なりシャワー激しく浴びる音する

コンビニに行くように出て行く子仕事はあるさとオーストラリアへ

日に千個部品組みゆくわが子なり派遣契約月ごとに書く

半月でも子に職ありと思う時〝派遣〟に怒る心も静まる

つかの間の昼食休憩に読むならん息子はバックに文庫本いれる

「出世払いして」と笑いつつ子に持たすなり国民年金の掛け金をまた

健康保険に入れる職場で働かせたい出勤していく子には言わねど

仕事より戻りし息子熟睡す「夕飯できた」と呼ぶにも起きず

半月の派遣を今日で終える子に好みな赤飯たっぷり持たす

夜行バスに乗りこむ息子スーツ持つ明日は面接次の職場の

ふるさとに母抱き入浴させている妹に送るマフラー選ぶ

特養の夜勤明けなる妹のしゃがれし声よ受話器通して

譲られし祖母の浴衣をほどきいてしあわせかいと聞かれしような

ほどきゆく浴衣の縫い目細かくて若かりし日の祖母の手仕事

麻衣ちゃんのバイトは教授宅の草むしり毎週通ってかわいがられた　（姪）

アルバイトからあなたが教わったのは作業手順ではなく豊かな生き方

ときどきは精進揚げをしているか青い目の夫へ心をこめて

赤ん坊の笑顔は力をくれるだろうカウンセラーとして働く日々に

子育て中共働きのがんばり屋あなたへ日本の絵本を送ろう

趣味と

映画・音楽

観たい映画のリストを作り今月のトップにあげる「わが母の記」

通勤の道にハミング繰り返すパイプオルガン聴きし数日

事務処理を早々にしてかけつける若葉の匂うコンサート会場

連帯に縁なき職場の友ならん歌声高く「おお　ともだちよ」

汗噴きて歯車作る彼もまた誇らかに歌う「歓びに寄せて」

子どもらに昼食すませ聴きに来ぬかわきし心ゆさぶる第九

定年になり

お前はナ駄目な奴さと言われたようで定年をまだ楽しめずいる

毎朝のウオーキングは六千歩職退きしわれの始めしひとつ

池の面かすめて飛べる翡翠を見てのウオーキング弾みゆくなり

さざ波の光れる岸の浮寝鳥眺めつつ今朝も四キロ歩く

職ひきて時にまどろむ昼下がりレースごしの陽に本を読みつつ

染め直すTシャツマリンブルーなり年金暮らしの一日明るむ

パッチワーク

パッチワーク始めたしとファックス来るチラシ六千撒きし翌日

バッチワークの例会待ちし友ならんワインレッドのルージュが似合う

難聴の友うなずきては線を引く幾何学模様の整いゆけり

絵手紙

長病みの夫を送りし友へ書く花の絵手紙文さりげなく

入院の孫に出さんとひまわり描く去年は共に見上げしものを

曲がるよし尖るもよしと描く野菜いつか心がまあるくなってる

三十年ぶりに水芭蕉スケッチす苞の曲線初々しくて

空蝉がたとえ怪獣になろうとも描いてる今ワクワクしてる

一本の線にすぎぬも立ち雛の目となりはるかな人を思わす

「映画館でお待ちしてます」たどたどと添える筆文字ケイタイの絵に

譲られし帽子描きて出す葉書「彼とのデートに役立ちました」

初めてと言いておずおず友の描く柘榴あざやか種のあふるる

ＴＰＰの大筋合意腹だたしほのかに香る稲穂描くとき

悪政を糺す一文を何とせん筆先見つめ思いめぐらす

いが栗のほっこり笑むを描きたい筆は進まず棘増すばかり

八十歳の叔母の暮らしを案じつつ毬栗笑むを大きく描く

ふる里に病みいる叔母への定期便からすうり二つ添わせて描く

絵手紙に柿の丸みが出てこない下手でいいかと開きなおっている

下手がいいと知るも野心はもたげきて描きなおす柿またもいびつに

見たままの線を描けない絵手紙をつき返されれば只悔しくて

自画像に「メガネ美人」と書いたけど心美人になりたいのです

手縫いサークル

ああ今日もあなたは笑顔いつ泣くの半年前に夫を亡くして

月二回の縫物に来て笑っていく四十歳の子と暮らす人

黙々と針運ぶ人思いっきり泣けるのだろうか子との暮らしは

何でも言い合える会と思っていたがまだ語られないあなたの思い

いぶりがっこ兄が漬けたと友出せば座は沸き立って漬物談議

ニシン漬け・千枚漬けのお国自慢つぎつぎ出るも「今漬けないよ」

お茶受けにピクスル出れば調味料の黄金比率にまた盛りあがる

針やすめまたも沸きたつ仲間たち失敗談などつぎつぎと出て

縫物をしつつ笑いあう友のいて心快晴手は荒れ模様

子の名前書かれた竹のものさしは今も現役三十年経て

ひと目ずつ縫いゆく手提げは楽譜入れ寡婦なる人の手つきよろしき

難聴の友が幾度も聞き返しきっちりと縫う袋の角を

入学に間に合うかなと言いながら友は手提げに花の刺しゅうす

新婚のあなたが縫うのはランチョンマットつながれてゆく藍の濃淡

銘仙の母の着物を巾着にす弱りし個所に当て布をして

しまってある布思い出し次に縫うモノ考えるこの時が好き

くたびれた座布団カバー作りかえるこざっぱりとし余生楽しむ

老眼鏡お前なしでは過ごせない「おはよう」と言い今日が始まる

くっきりと針の穴まで見えるよう調整された自慢のめがね

囲碁

二時間をはじける笑いの輪にいたり定石知らずの囲碁覚えたて

碁仇とならんに遠きわれなりて防戦ばかり石を置きゆく

わが石はいつしかぐるりと囲まるも覚えたての碁に笑いの絶えず

来し方はざる碁にも似しわれなりて後の三十年光る石たれ

朗読サークル

退院後始めし一つ朗読会民話の知恵に心ぬくもる

朗読会に向かう電車に胸熱し「ベロ出しチョンマ」の一言が起つ

息強く「アイウエオアオ」くり返す恥ずかしさなどいつか忘れて

「その場面、イメージして」と言われつつ　六度読むも尚ままならず

こみあげて読めずなりにし一文よ「さりげなくね」と穣子先生は

ぼろ布展

元の布わからぬほどに縫い重ね野良着は長く使いこまれて

擦り切れし野良着の当て布数えきれず一生に二枚の山里くらし

ひと粒のあずきを包む布あらば大事にせよと伝える暮らし

ツギ当てに暴れる針目の残りたりもの言えぬ嫁の戦前の位置

長着さす細かな針目に目を見はる囲炉裏火頼りのこの手仕事に

色褪せし赤の別珍の子ども足袋爪先の穴に笑い声聞く

ぼろ布をわらに敷きたる産床に座産の時期の長き下北

出稼ぎの夫をひととき忘れいるか農婦ひたすら刺し子刺すなり

股引きは菱刺しなりし作業着に手技をこらす心意気はも

老健施設にて

トイレさえ伝え歩きの母を置き半年間の講座を受けん

買い替えしバイクはＴＯＤＡＹ明日よりは母の介護のあい間をとばす

ＴＯＤＡＹとうバイクを駆りて橋渡るヘルパー講座第一日目

抑留に耐えし体も今は病み繁さん杖にすがりよろける

「つらいので体やすませて」と嫗言うお尻ふきいる時にか細く

「腹もあまりへらねえなあ」と入居者の窓辺に日がな虚ろな目をす

麻痺の身は椅子ごと湯舟につかりいて老いは「極楽」と深く息する

入浴は七〇人を介助するスタッフ五人ジョーク飛ばして

入居者の入れ歯洗いつつ青年は歯磨きの爺に笑顔を向ける

湯気の立つ味噌汁旨しと言う人よ一七年余の冤罪晴れて

不機嫌な老いの視線を感じつつうどんを煮込むヘルパーわれは

ドアの音頭にひびくと言う老いのゴミを出しやる音なく閉めて

若者

国保料親に払わす負い目持ち青年は長くひきこもりいし

職無くて長き年月の若者が見つけしバイトを語りて止まず

バイト料もらいし日には両親を食事に誘うとこの若者は

フィリピンのおばちゃんとウマが合うと彼は働く安い時給に

人の輪の温かさ知ったか青年は近頃自信に満ちた目をする

職につき次第に明るくなる人を見守りてきし息子のように

作業ミス起こさぬようにと願いつつ若者は履く白長靴を

「大丈夫」は魔法の言葉若者はつぶやきミスを起こさずにいる

冷えの増すコンクリート床に立ち続け今夜も若者　弁当詰める

円楽師匠　―二〇〇九年没

円楽の笑いありあり残りいてリズムよく切る千切りキャベツ

熊さんの長屋の人情よしとして隣家へ運ぶきんぴら牛蒡

寝る前は長屋噺の文庫本声しのばせて笑う秋夜を

己らしき話芸できずと引退の円楽清しもつれし口も

笑点の浴衣を最後の衣とし円楽逝けり大いなる空へ

円楽よ出囃子よろしく「芝浜」をかけておらんや彼岸の高座に

彼岸にも艶話などして円楽よ笑いの渦の真中におらん

引き際の難しさ見る夜のテレビ老いたる歌手の不安定な声

花ふきん

針持てる幸せ今日も言いながら母は縫いゆく麻の葉もよう

補聴器をかけてラジオ聞きながら母の縫物ゆっくり進む

孫に贈るふきんに梅花縫う母の老眼鏡の落ちんばかりに

糸通しは器具にゆだねて縫う母の白髪光る春の陽ざしに

離れ住む娘に送る小包に母は入れおりふきん数枚

赤糸に縫いゆく布巾は姪のもの　母の脳トレ今日は二枚なり

紅色の糸しごきつつ母縫いしふきん三枚選挙事務所へ

針を持ち時にいねむる母なりし秋陽は届くまあるき背に

もうすでに針を持てざる老い母の小箱に残る刺しかけ布巾

柿熟れて梢に高し目を細め眺めし母の今年いまさず

柿吊るす母のいそうな空に向けわずか二連を宝のように

夜爪切る母が死んでから平気　現金なものだ　それがかなしい

豆ご飯ふっくら炊きあげふと思う戦後啜りし粥のうすさを

戦時下の父母の暮らしをふと思うバスタブの湯をあふれさせいて

引き揚げの苦労話をしみじみと聞きたきものを父母はなし

七階病棟　―二〇一〇年十一月

チューリップ百球を息子と植えたりき覚悟かためる入院前日

夕陽受けプラタナスの黄のうつろうは寂しと見つむ七階病棟

病棟に電気剃刀の音聞こえ夫出勤の支度の頃か

ベッドよりこまごま仕事の指示をする男のありて師走に入りぬ

再びを炊事できるか癌治療うけつつ今日もまた考える

真夜中の病室に目覚め指おりて一首整うまでを楽しむ

眠れずに短歌を創り遊ぶなり病廊に朝の灯りつくまで

短歌のメモ薬袋に書きとめて心弾ませ今日をはじめる

入院も三月となりてふとよぎる自転車漕いで風になりたい

早春のわが家に外泊許されてすこやかな寝息聞きいる夜明け

三カ月の入院終えてひじき煮る味醂のてりのなんといとおし

入院中幾度思ったろう再びを味噌汁作る日々は来るかと

生かされて還りしキッチン味噌汁と肉じゃが作り夫と子を待つ

仕事への復帰はなるかパンジーの花殻を摘み朝は始まる

陽だまりに菫は咲きぬ癒えずとも弾むものあり小径の散歩

入院となりて今年は窓に見る横浜緋桜わずかに色増す

入院の長くなりつつ纏いたし新春《はる》の光のごときスカーフ

点滴を受けつつ夜半に聞きており窓打つ風の唸り続くを

点滴の三時間余を青空に只問いかけるこれからどうなるの

三年目に再発せりと友の言う同病なれば身はこわばりぬ

雲のさま飽かず眺めて心晴らす治療の日々も五カ月となる

散歩して栃の蕾を散るまでを去年楽しみ　今年は臥して

はつ夏の夕べ娘の見舞い受く髪匂うなり帰りしのちも

花見るはかなわずと植えし球根なり抗癌剤効く今は笑種

再びを蟬時雨聞く日は来たる道づれとせん病と笑いと

十カ月へての退院にわが歌う「故郷」「さくら」朝より三たび

退院のわれに力をくるるなりみどり児あやす息子の笑みは

退院の身を弾ませる一つにて網戸濯ぐに小さき虹たつ

水色の朝顔庭にあふれいて今再発の不安は言わず

再発を常に覚悟の病なり今日はパッチワークの仲間と笑う

鼻緒よき桐下駄嫁にもらいたり生きたきものよすりへるまでを

ひと切れの鮪ゆっくり味わいぬ一年有余の禁止解かれて

桜草移植し春を待ちており楽しみ一つ退院二年目

あの日から

寒冷の被災地にすぐ届かざりストーブ・毛布・寄り添う気持ち

避難所を十六カ所も移されて果てしを関連死とごまかしている

関連死申請却下　死してなお線引きされる生命の値段

関連死二五四七人それぞれに救える手だてはなかったろうか

生き残る己を責めて被災者の今夜も添い寝す遺影の妻に

三十年後の桜に託す思い深し苗木植えゆく津波の跡に

被災者の植えたる細き幹ながら桜は芽ぶく光の中に

花見んと癌病む友の誘いなり車中の会話は原発事故へ

傘

ルノワールの画集の「雨傘」に魅せらるる囁くような青の群像

歌会に急ぐ夕べのにわか雨傘をさすなり母の形見の

駅裏に骨折れし傘易々と使い捨てらる今日は五本も

使い捨ては傘のみならず大企業のリストラ報道十三万人も

悪戦苦闘

買い替えし炊飯器は魔物なり炊き方十三種ただスイッチひとつ

説明の「すすむ」「もどる」に操られボタンを押すも晩飯炊けず

飯ぐらいもっと簡単に炊けないか炊飯機能に振りまわされる

魔物より優れものかもわが腕の五十年続く飯炊きの技

盆踊り

ふる里の従姉は古稀よ櫓にて北海盆唄踊りいるべし

三姉妹われらに浴衣着せくれし汗びっしょりの母を忘れず

鉦・太鼓いよよ高鳴れば踊り出すほろ酔いの人慣れし手つきに

模擬店のチューハイ売りをぬけ出して弾みて踊る炭坑節を

日焼けせし爺が炭坑節踊りつつ「くには何処だ」と親しげに問う

ふる里より永く住みしか沖縄人《うちなんちゅう》手ぶりよろしき東京音頭

赤きタオル頭に巻きて踊りいし八百屋の米さん今年は見えず

六十年八百屋続けし米さんの施設入所を聞きたり三日後

ミラノスケッチ

プラタナス色づき初めし街角をマンマ笑顔で通り過ぎゆく

歩みつつ紙コップ出し金を乞う婆の腕細し目抜き通りに

石畳にどれ程長く座りしか婆の皿には二枚のコイン

物乞いの力無き目を感じつつ通り過ぎてはまた振り返る

人懐こく会釈しモップ使いおりケニアの青年トイレを磨く

おもちゃ屋の女主人の親しさに迷わず買いぬ赤きミニカー

二千年前のエコな暮らしかポンペイの追い炊きの風呂ひしゃげし配管

暖房の吹き出し口の組タイル二千年前なり昨日のように

反戦・平和を

戦争ノー

芋煮ゆる匂いの路地を戻り来ぬ九条守る思いはひしと

息子らに憲法前文読みやらず子育て終えしを悔やむ夜更けは

新聞は丹念に読む「戦争ノー」をいつか自分で話せるように

おでん鍋かけて縫物する午後を奪われまいぞオスプレイには

鷺草は飛び立つ構えに揺れており戦争法案の審議危ぶむ

集会に急ぐ車窓に夕空を鈍く映して運河はよどむ

駅を出るともう歌声が聞こえてる弾んで向かう横浜公園

集会は四千人余意気高し肩車の子もニコニコしてる

赤ん坊抱く息子を思いつつ戦争阻止のデモに声挙ぐ

壇上の人ら戦争ノーを語るとき引き揚げ者われに迫りくるもの

今か今かと出発を待つデモの中友が呼んでる声弾ませて

沿道の花屋も笑みて両手ふる戦争ノーのわれらのデモに

乳のみ児を抱くママたちと声合わす国会前の「戦争いらない」

議事堂は拒絶するごと灯に白し傘と合羽の波の続きに

子を抱くママのレインハット雫してコールは続く国会の前に

赤子抱き幼をバギー車に乗せる人レインコートの背には「NO WAR」

亡き夫も共にと写真持つ友と声をかぎりに「憲法守れ」

今夜また振る幾万のペンライトうねりとなりて政府を糺す

ママと手をつなぐ幼もペンライトときどき自分の顔など照らす

シールズの力強く言う民主主義湧くように人ら国会包む

「アベ政治…」のバッジ見し人親しげに声かけてくる駅前広場

ステッカーの戦争法反対諾うか笑みてゆく人らわがポスト前

戦争法反対シール貼るわがバイク「いいね」としきりに駐輪場の人

「戦争アカン」と署名集めてくれし人勤労動員の旋盤語る

「立場上…」と署名拒みし人もまた戦争はダメときっぱりと言う

缶バッジ・九条ブローチ・シールまた小さきに込める思いは強し

谷中生姜

化粧水頬にたっぷり笑みてみる今日の一日笑わなかった

今朝もまた紅差す呪文唱えゆくジイニハアラズ爺には非ず

夕焼けに見とれてひととき佇みぬかつては子らと遊びし路地に

ぼろ市で買った反物ズボンになり今日も履いてるお気に入りアイテム

入浴剤エメラルドグリーンに和みつつ人魚となって老躯いたわる

タックスヘイブンに縁などなくばスーパーの値引きメロンを見比べて買う

大根を二十九円で売っているどれほどなのか農家の取り分

ＴＰＰは「国益にかなう」とうそぶいて胸張る人を寒々と見つ

肉・野菜ＯＫと目で追いながらスーパー出でしにまた忘れ物

買い忘れの麺にはふれず夫に出す特製スープと少しおどけて

いけないいなあ残り物カレーで済ますなんて四十年目の結婚記念日

片側のみ減りいる夫の靴にして触れたき思い仕事のことに

原稿の構想練るか日盛りを夫は時かけ庭の草引く

わたしよりずっと気が利いている谷中生姜晩酌の夫の話弾んで

訥々と「壬生義士伝」を語る夫安酒に目元少しゆるみて

夫の寝息聞きつつ歌誌を読みており冷えまさりくる元旦の夜を

安酒の手酌の父を知る息子大吟醸と来るメーデー帰り

父の日に銘酒が届くこの夕べ 親となりし子が薄給を割き

足断つとも

ＩＣＵの息子の容態危きと言いて友の嗚咽は長し

危篤のたび妻をまた母をおろおろさせて君の昏睡続く

足切断もあるやと医師は診断すホテルマン君の先ゆき思う

足断つも命守りたしと若き妻身をふるわすにただ添いており

足切るを免れ今日から大部屋と君の電話は短く切れる

退院との君の知らせに小躍りしリズムよく切る千六本を

三カ月の闘病に耐え君は笑む秋には父となれるを告げて

父となる　―次男二〇一四年五月

書き出しは「仲良くしてる？」の決まり文句便箋一枚を息子夫婦へ

電話より喃語聞こえくるそののちに「ハイハイした」と息子弾んで

頼りないぐうたら息子と思いしに子をあやす声の何と優しく

遊びに来トイレを磨き帰りゆく息子の小さき変化の一つ

父となりし息子の暮らしに目を見はる赤ん坊は親を育てるらしい

泣き虫の子に編みやりし帽子出づその子骨ある父となりゆく

同窓会

冷蔵庫掃除しレンジ磨くなり夫に三日の留守を頼まん

間際まで片づけ物に追われ来て飛行機の席に深く息吸う

卒業し四十八年の友に会わん眼下に雪の仙台平野

始まりは黙祷なりし出席を伝えこし人の突然死聞く

妻長く胃ろうにあれば欠席と告げる葉書の楷書美し

欠席の友よりかかりしケイタイを次々回し「今度、会おうよ」

介護5の夫看る友よひとときをクラス会に来て笑いころげる

働いて学んで笑って友のいた夜間高校生わが青春賦

戻りくれば菜の花水仙開きおり留守せし三日に春は玉手箱

弟の死　二〇一四年九月

海を背に弟の遺影はほほ笑めり「なあ姉ちゃん」と話したそうに

釣り上げた鮭持つ弟の載る雑誌聞いてみたかったその醍醐味を

罠かけて獲った兎を提げてきたスキーの弟は中学生だった

弟の葬り日妹と話しては泣きまた笑う遠い日のことを

弟を偲び芝生に長く立ち白樺わたる風を聞きいる

うろこ雲は静かに高く動きゆく弟の笑顔見えた気がする

三人の孫

新年の膳にみどりごはほほえみて皆のまなざし一人じめする

凧糸の引き方孫に教えつつ爺はいつしか少年となる

凧糸の引き加減孫は覚えたかアンパンマンは青空に高し

凧揚げにニコニコしていた孫なのに漢字の宿題溜息ばかり

もうすでにへとへとならん爺なるも羽根つきの孫に一歩もひかず

こいのぼりに見立てしポテトサラダ出され歓声あがる初節句の膳

襖閉め悪さすること覚えたる孫に今日は手紙切らるる

生きるさえ危ぶみし孫この春は独りで歩ける小学校にあがる

片麻痺の孫は餃子のタネを置きわたしは包むもうすぐランチ

さりげなく片手にて釦かけてゆく麻痺ある孫の泊まりたるとき

三つ編みをゆらせケンケン跳ぶ孫に急かされあがりの円におさまる

覚えたての「な」をにこやかに書く孫のノート七ページ笑むごと仮名は

「寿限無、寿限無」小二の孫は終わりまで笑みて唱える呪文のように

銭湯の行き来は孫に教わりぬ　短く分けた「寿限無、寿限無…」を

進級の喜び一つ図書委員になれたと孫は弾みて言いぬ

「お泊まり」と二人の孫がやってくるゴールデンウィークの一晩だけを

駆けてゆく孫の足音聞き分けて声はりあげる「もういいかーい」

「まあだだよ」孫娘の声弾みつつ遠のいてゆく補装靴の音

「みーつけた」つつじの影にしゃがむ孫うしろから鬼は来ぬと思うらし

桜木に顔押し当てて鬼になる孫はようやく十を数える

見つけても見つけられても笑いあうかくれんぼなりこいのぼり高し

この孫をからめとるのか「こーとろ子盗ろ」改憲許さじ兵にはさせず

「お姫さま」と女雛指さす孫の来て笑いひろがる如月の午後

幼孫お椀のように手を伏せてつぎつぎ置くも蟻はつかめず

ゴム風船蹴りては追える孫二歳弾む五体を楽しむならん

帰りたるみどりごの笑み思いつつ山ほどの食器夜更けて洗う

ポスト開ければ小石七つが並びいる帰りゆきし二歳の孫の宝物らし

ハンガーの赤い靴下九センチ秋陽に乾くスイングしつつ

家事手早く切り上げ絵具と筆を出す画題の赤い靴下が呼んでいる

歩き初めし孫の忘れ物送りやる靴下はねる絵手紙添えて

孫の運動会

泣きたさをこらえる孫は顔あげてわが前を過ぐ目を合わせずに

一等になれずと去年の大泣きに今年は声をころし泣いてる

利き腕に身を支えつつ麻痺の手を懸命に伸ばす集団の輪に

一斉に騎馬走り出す孫の打つ出陣太鼓高らかに鳴り

片麻痺の孫にもできる演技をと工夫せし教師の笑みやわらかし

ターンしてまたクロスして弾みつつ躍る孫なり青空高し

アベノミクスの下で

母子四人月給十万で暮らす友アパート代は五割を超える

増税は社会保障と言ったはずせめて出させたい家賃の補助を

おむすびの具材は塩と味噌・おかか給料日前の定番なりと友は

パート三つこなして友は午前二時ようやく眠る子らの傍えに

一家六人一日百円の食卓というこれをも景気の上向きと言うか

年金を割き送金する友のあり医療費払えぬ弟の為に

ベル鳴れば見構えると友の言う弟の無心度々にして

支援にも限度があれば勧めおり生活保護の申請などを

冷蔵庫叩いて泣きしか二歳児の餓死するまでのその七日間

水道も止められ若き母は日々子のしぼみゆく腹見しと泣く

餓死の母のキッチンに残る塩とメモ「もっとおいしい物食べさせたかった」

国内に食うや食わずの人を置き首相は約すＯＥＣＤ支援

三十四回役所に行くも埒あかず認知症の妻を殺めたる記事

六万余校内暴力報ぜらる荒む心の根っこに貧困

子ども食堂　――二〇一七年度啄木コンクール佳作受賞作

米・野菜届けてくれる人がいる「子どもはたんと食べなきゃ駄目」と

三十キロの芋届け来て爺の言う戦後草食べたそのひもじさを

具沢山のカレーと笑顔のスタッフとさあ開店です子ども食堂

アツアツを食べさせたくて次つぎとサンマ五十匹汗だくで焼く

前歯一本欠けたあの子が友達と今日は笑ってる唐揚げ食べて

時おりは喃語も聞こえ和みゆくクリームシチューの今夜の食堂

ぶきっちょも千切り名人も共に切る大ざるいっぱいの山盛りキャベツ

とん汁の具材刻みつつボランティアらジョークとび出し打ちとけてゆく

調理室に味噌の香りの満ちみちて子らを待ってる大鍋トン汁

「一人だから　いつも缶詰」と肩うすい爺は味噌汁を旨そうに飲む

「大根っ葉のほろほろ炒め　おいしかった」と深く礼して老は帰りゆく

食材を使いきる知恵をほめられて心ほのぼのと老を見送る

夕食かそれともおやつ小学生がカップ麺啜るコンビニ前に

今夜また手慣れたさまに湯を注ぐカップ麺持つ子の　コンビニ七時

Uクンのママが戻るのは夜十時どうやって待っているのだろうか
パート三つのシングルマザー事もなげに「総活躍？　どこの話さ」
「健康で文化的な……」の埒外に孤食の子らいる小銭を握り
廃棄弁当の夕食にさえあぶれる人軍事費やすやす五兆円超すに
子どもらの食を保育を教育を奪う政治を追いつめるのは

必要とする人らにもっと広げたいあったかご飯と憩いのここを

補整　子ども食堂　（☆印は遺稿から、傍線部分は受賞作の元の歌、並べ換えしてみました）

米・野菜届けてくれる人がいる「子どもはたんと食べなきゃ駄目」と

三十キロの芋届け来て爺の言う戦後草食べたそのひもじさを

☆ミーティングで食物アレルギーを確認す今夜は卵とかつおだし

ぶきっちょも千切り名人も共に切る大ざるいっぱいの山盛りキャベツ

とん汁の具材刻みつつボランティアらジョークとび出し打ちとけてゆく

調理室に味噌の香りの満ちみちて子らを待ってる大鍋トン汁

アツアツを食べさせたくて次つぎとサンマ五十匹汗だくで焼く

☆焼き上手が鮎の塩焼き姿よく仕上げればワッと歓声あがる

具沢山のカレーがたっぷりできましたさあ開店です子ども食堂

☆穂芒も月見団子にも目もくれず食堂へ来る子らの勢い

前歯一本欠けたあの子が友達と今日は笑ってる唐揚げ食べて

☆アレルギーの子のおすましは別仕立てからっぽの椀に胸なでおろす

☆「うまかったよ」ヤンチャ坊主の一言にボランティア我ら一様に笑む

時おりは喃語も聞こえ和みゆくクリームシチューの今夜の食卓

☆一年生が食べたい物を「おでん」と書く踊るような太き文字にて

「一人だから　いつも缶詰」と肩うすい爺は味噌汁を旨そうに飲む

「大根っ葉のほろほろ炒め　珍しい」と深く礼して老いは帰りゆく

食材を使いきる知恵をほめられて心ほのぼのと老いを見送る

☆五十人分の山ほどの食器てきぱきとふいて納めて活気づく仲間

必要とする人らにもっと広げたいあったかご飯と憩いのここを

☆困ってるときほど声をあげにくい言い出せなかった覚えある我

「健康で文化的な……」にほど遠く菓子パンだけの夕食続く子

夕食はあれだけだろうか小学生がカップ麺啜るコンビニ前に

今夜また手慣れたさまに湯を注ぐカップ麺持つ子の　コンビニ七時

Uクンのママが戻るのは夜十時どうやって待っているのだろうか

パート三つのシングルマザー事もなげに「総活躍？　どこの話さ」

廃棄弁当の夕食にさえあぶれる人　軍事費やすやす五兆円超すに

子どもらの食を保育を教育を奪う政治を追いつめるのは

病窓

笑み多き五年でありし突然に検査日決まる再発らしき

進まなかったエンディングノートにサークルの連絡先書く検査前夜を

忘れな草移植をしつつふとよぎる病院だろうか花咲く頃は

魔王といえども情けはあるべしこの老女見逃し下され生き足りませぬ

再発の身は養生するもある時は魔王へワイロ贈らんとする

目標は百歳なれば魔王様暴れぬようにお頼み申す

袖の下たんと弾んで病魔めに悪さをするなとすごんで来るか

七階から橋を行く車見下ろすあのスピードは昨日のわたし

川べりの真鴨四、五羽に見とれてる毛づくろいあり潜って浮くあり

眼の下をコサギがゆったりと渡ってゆく何かいいことありそうな予感

流れゆく雲の自在さ広い空心ほぐれて苦痛を忘れる

再発の養生もまた良しとする点滴以外は短歌に向かう

ひと口の白湯がおいしく飲めた朝啄木コンクールの構想を練る

焦がれてるふかふか餡パン・熱いお茶連続八日の点滴終えて

丹沢の遠山脈に真向かえば甘酒飲んだ仲間が浮かぶ

いつ頃の正月だったか乾杯は甘酒だったよ丹沢の峰

「美味しんぼ」のグルメ料理のウンチクを読んだあと食べる患者食ああ

すぐにでも帰って味噌汁作りたい思いおさえて摂る患者食

和え物のレシピ増やそうとメモしてるまだ退院も決まらぬうちに

きっちりと整えられたベッド押して来る青年の瞳にある誇らしさ

働くは幸せだろうと思いつつすみずみとモップ使うを見ている

「おかげんは　いかがですか」と菜の花のはじけて届く七階病棟

「歌会で」と添え書きのある花だより待たれいる身の只ありがたし

首の腫れひいた私の記念日は心に小さきグラス掲げる

離れ住む息子の見舞いの別れ際ハグされ泣かれる「迷惑かけたね」

「子どもを大事にしろよ」と言えばうなずいて病室を出るその広き肩

親を離れ仕事がアイツを鍛えてる失敗叱られ聞いて教わり

昇りくる朝日おろがみ問うている退院きっとできるよね母さん

自分らしく生きる

歌の種メモしてゆく枕元余命二カ月の宣告あれど

〝ラン、ラ、ラーン祝・御退院〟音符など三つ四つ付けて今日の記録は

明日からは家へ帰れるワクワクと遠足を待つ子どものようだ

仕切られたカーテンの中で笑みが湧くこんなに嬉しい夜はなかった

自分らしく思いきり生きる振り向かず病院を出る細くなった足で

生きたまま帰してくれてありがとう朝日に深ぶか頭を下げる

生かされてああ帰り来し雛の間に繰り返し歌う「あかりをつけましょ」

桜草蕾つけてる再びを戻って来られた私の庭に

晩酌を絶ちていつでも駆けつける待機の夫でありし三月を

家事すべて夫の仕事だが私にも座ってできる引き出し整理

ヒタキ来て茂みにかくれた一瞬に目をこらしてるもう一度出てこい

立てなくなり縁側にいる　庭眺め歌をつくって癒されている

注・子どもたちの個人名はローマ字に変えました。

あとがき

小林加津美

姉・河村澄子は二〇一七年三月十九日、七十二年の生涯を閉じました。春の光あふれる暖かい日でした。あの日からまもなく一年になります。

横浜の姉の家の玄関先には、今年も色とりどりのパンジーと桜草がたくさん咲きました。花の好きな姉は、庭には勿論、特に玄関先に季節の花をたくさん植えていました。姉が亡くなってからは、夫君の久さんが、姉がしていたように、いや、それ以上に花を咲かせていて、玄関先に立つたびにポッと心が温まります。

二〇一六年十二月、姉・澄子は癌の再発により入院しました。一月に余命二カ月の宣告を受けた時も、「こんなに元気なんだもの、死ぬ気がしない」といつもの穏やかな表情で言いました。その言葉を、ホッとした思いと、痛々しさとで聞いたことを思い出します。

病院に見舞いに行くと、姉はベッドから起きあがり、私の前をスタスタ歩き、ティールームに向かうのが常でした。そして作ったばかりの歌を互いに見せて、感想や批評を言い合うのです。姉はこのひとときを楽しみにしていましたが、見舞いのたびの二人歌会は、二月中旬でとりやめになりました。姉の病状に打つ手が無く、病院か自宅療養かになり、姉は迷わず後者を選んだからです。

明日からは家に帰れるワクワクと遠足を待つ子どものようだ
仕切られたカーテンの中で笑みが湧くこんなに嬉しい夜はなかった
生きたまま帰してくれてありがとう朝日に深々頭を下げる

姉の嬉しさが伝わってきます。二月十六日退院。待望の自宅に帰った姉から、翌日ファックスが届きました。

「家が一番の薬！　ご飯がおいしく食べられ、熱も出ず順調です」

跳びはねるような文字でした。

家で過ごせることを心から喜び、手塩にかけた花々を眺め、やってくる小鳥の動きを楽しんでいました。家族や友、離れ住む弟妹に心を寄せ、毎日のように手紙を書き、亡くなる前日まで歌を詠み続けました。死後、歌の原稿の中から、新日本歌人誌への投稿歌が出てきました。四月から六月分の三カ月先まで書かれたものを見た時は、胸がつまりました。

自分らしく思いきり生きる振り向かず病院を出る細くなった足で
歌の種メモしてゆく枕元余命二カ月の宣告あれど
立てなくなり縁側にいる　庭眺め歌をつくって癒されている

余命宣告を受けた後も、花や小鳥を愛で、歌を詠むその姿に悲愴感は感じられませんでした。むろん葛藤はあったでしょうが、死を隣にして、あれ程の自然体・平常心を保てたのはなぜだろう、とずっと考えていました。今思うのは、家族の存在は勿論、一つには歌の存在が大きかったと言うことです。〝自分らしく思いきり生きる〟とは、姉にとって二十代から始めた歌を詠み続けることだったのでしょう。病床にあって歌を詠むことは、喜びであり、心の平安であり、生きる活力だったのです。

死の前日まで全力で生ききった姉は気高くさえ見えました。その姿から私は、何か大きなものを受け取ったように思います。七十二年という短い生涯でしたが、姉妹としてこの世で出会えたこと、私の姉が他の誰でもない澄子で良かったとしみじみ思います。

このたび、姉の歌友・米長保さんの強い勧めによって、歌集『子らの笑顔と』が一冊の本にまとまりました。米長さんの熱意がなければ、生まれなかった本です。深く感謝いたします。ありがとうございました。

この歌集を、著者・河村澄子と、姉が愛してやまなかった夫君・久さんに捧げます。

そして姉の人生を豊かにして下さった方すべてに捧げます。

二〇一八年三月十二日

編集後記

米長　保

この好歌
多くの人に知らせたい
編集・発行わが責務とす

生前に歌集の出版を何回も勧めましたが、その都度、「私なんかまだまだ」と言われました。謙遜だと思っていましたが、どうやら作品を整理してないのも一因だったようです。遺歌集を、と夫君に提示を求めたところ、出されたのは、ノートへの筆記やら、あれこれの誌紙からの切り抜きを貼ったノートや、わらばん紙などに書かれたものなど雑然として、紙の大きな手提げ袋いっぱいになりました。

それらにも制作年月の欠落がみられ、古い協会誌やうしお歌会紙誌や横浜支部通信を、会員から借りて作品を拾いました。一首を年月置いて添削したものや、類似の歌が多く、一つの事柄で五首も六首もあったりして、膨大な量になりました。昔の事を思い出して、昨日の事のように詠んでいるらしい歌が多く、歌われている事柄を年代順に並べるのは不可能だと思います。そこで、テーマ別にして、事柄の年代をある程度加味して編集する事にしました。

どの歌を採るか捨てるか、澄子さんの妹の小林加津美さんと二人で協議した共同編集です。歌われている事柄の年代の推定には、作品の背景をかなり知っている加津美さんに教わり、タイトルの一部も戴きました。文語定型の加津美さんと現代語行分けの私と、作風の違う二人ですが、不思議なまでに意見が一致し、見解の別れることはほとんどありませんでした。歌の評価がこれほど同じ友は得難く、心強い存在です。また並べる順や校正で、夫君の河村久さんの指示も戴きました。

意外だったのは、大幅な字余りや、自由律の範疇かと思われる歌がままあり、晩年になるにしたがって口語や口語調の歌が多い事で、どちらも澄子さんにとっては自然の成り行きだったのでしょう。ともあれ、対象への低い目線から、温かく抱擁するかのような数々の歌を、是非鑑賞して戴き、参考にされたいと思います。

まだ見ない歌稿もありや
ちょっぴりと不安あれども
区切りも要す

河村澄子（かわむら すみこ）

経歴

1944年10月　サハリンの恵須取《えすとる》に生まれる

1947年 9月　最後の引揚船で両親と弟と北海道の伯父をたより帯広に移住

1966年 3月　帯広三条高等学校卒業

1968年 3月　帯広大谷短期大学卒業。小・中学校の家庭科教員免許取得

1968年 4月　十勝の北鹿追小学校の教員となる。この頃から短歌を始める

1973年 3月　結婚　横浜市に移住
夫と共に学童保育「風の子子どもクラブ」主宰

1974年 4月　玉川大学教育学部受講。小学校教員免許取得

1974年 9月　出産した病院の「うしお短歌会」に参加
その後新日本歌人協会横浜支部にも参加
3人の子育てをしつつ小学校の臨時教員などを勤める

1981年(推定) 新日本歌人協会に加入

2008年 3月　横浜市の教員定年となる（63歳）

2008年～2010年　ヘルパーを勤める

2010年11月　ガン発症　～11年7月まで入院

2012年 5月　新日本歌人協会町田支部にも参加

2016年 8月　新日本歌人協会・常任幹事に就任

2016年12月　ガン再発により入院

2017年 3月　永眠　享年72歳

連絡先　河村　久

〒２３０－００７６
横浜市鶴見区馬場２－２０－８
☎０４５－５７２－８４４３

河村澄子遺歌抄
子らの笑顔と

定価（本体2500円＋税）

乱丁・落丁はお取り替えします。

2018年 6月 9日初版第1刷印刷
2018年 6月14日初版第1刷発行
著 者 河村澄子
発行者 百瀬精一
発行所 鳥影社（www.choeisha.com）
〒160-0023 東京都新宿区西新宿3-5-12 トーカン新宿7F
電話 03(5948)6470, FAX 03(5948)6471
〒392-0012 長野県諏訪市四賀 229-1（本社・編集室）
電話 0266(53)2903, FAX 0266(58)6771
印刷・製本 シナノ印刷

ISBN978-4-86265-683-4 C0092